KB042934

조선이
문명함

조선이 문명함 **8**

초판 1쇄 인쇄일 2023년 8월 10일 | **초판 1쇄 발행일** 2023년 8월 17일

지은이 조휘 | **펴낸이** 곽동현 | **담당편집 팀장** 이범수
편집부 정요한 김승건

펴낸곳 (주)조은세상 | 출판등록 제2002-23호
주소 서울특별시 동작구 동작대로1길 27 5층
TEL 02)587-2966 | FAX 02)587-2922
E-mail bukdu@comics21c.co.kr

조휘ⓒ2023
ISBN 979-11-391-2102-5 | ISBN 979-11-391-1486-7(set)
값 9,000원

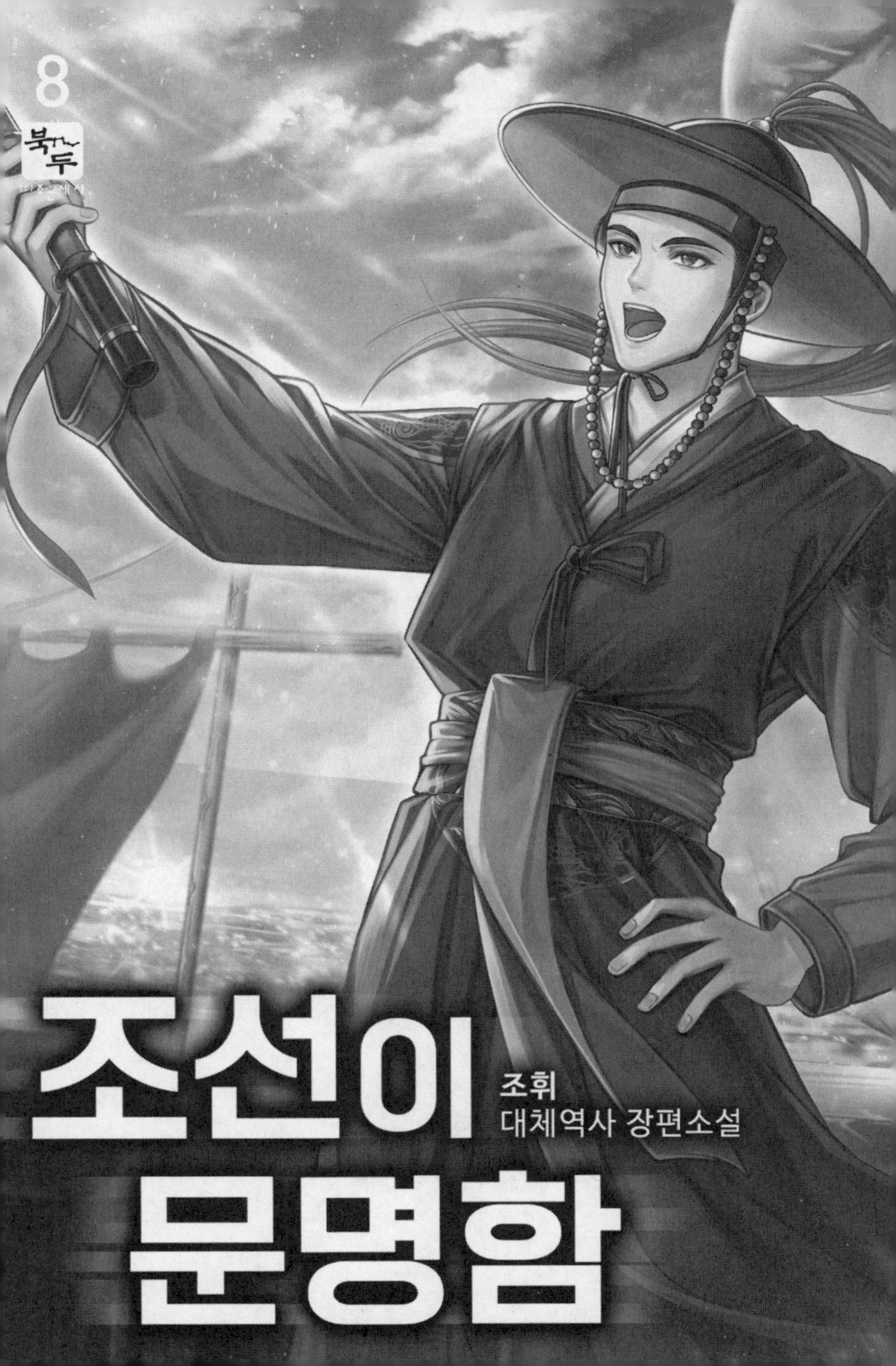

8

조선이 문명함

조휘
대체역사 장편소설

조휘 대체역사 장편소설

NEO ALTERNATIVE HISTORY FICTION

CONTENTS

조휘 대체역사 장편소설

NEO ALTERNATIVE HISTORY FICTION

CONTENTS

난 은이가 태어난 직후부터 서유럽회사에 거의 매일같이 출근했다.

그것이 하루 이틀도 아니고 몇 달 동안 지속되다시피 하니, 직원들이 은연중 내비친 반응은 대체로 비슷했다.

갑갑하고 불편하다는 것.

나도 잘 알고 있다. 원래 눈치 없단 소린 잘 안 듣는 편이니까.

평사원들은 부장급만 옆에 있어도 어쩔 줄 몰라 하기 마련이다.

근데 사장도 아니고, 회장이면서 이 나라의 임금이 매일같이 들락거린다?

당연히 훨씬 더 불편할 수밖에 없겠지.

하지만 이번에는 나로서도 정말 다른 방도가 없었다.

기술 연구소와 화기 연구소가 성과를 얼마나 내 주냐에 따라 우리 조선의 젊은이들이 흘릴 피의 양이 결정되기 때문이다.

그런 이유로 수명도 아낌없이 썼다.

기존에 쓰던 버프인 '장영실의 공학'과 '이장손의 비격진천뢰'에 이어 이에쓰나를 죽이고 나서 생긴 버프까지 전부 쏟아부어 효율을 높였다.

이번에 새로 생긴 '마사무네의 단도'와 '무라마사의 요도' 두 버프 모두 금속 제련과 대장장이의 실력을 높여 주는 버프다.

그만큼 생각했던 것보다 단가가 비쌌지만, 개의치 않고 맘껏 투자했다.

이에쓰나처럼 20년이 넘는 수명을 남겨 두고 죽긴 싫었으니까.

수명이 100만이 남아 있든 1,000만이 남아 있든 무슨 상관인가. 어차피 죽으면 말짱 꽝인데.

아끼다 똥 되는 것보단 이게 훨씬 낫다.

그래서 책과 버프를 주고 알아서 하게 내버려 두고 관망만 하지 않았다.

직접 나서서 화룡점정을 장식했다.

난 이번에 얻은 스킬인 '아메노 마히토쓰노의 칼'을 발동한 상태에서 몸소 연구에 뛰어들어 신무기 개발을 주도했다.

그런 만큼, 성과가 반드시 나와야 했다.

내 귀중한 시간 몇 달을 오롯이 쏟아부었는데도 성과가 없다?

그건 황금보다 더 귀하디귀한 시간을 허공에 날려 버린 셈이 된다.

다행히도 초반부터 대박이 연달아 터졌다.

우선 합금을 연구해 고강도 드릴 제작에 성공했다.

한조처럼 드릴 연구에 경험이 많은 왜국 출신 대장장이들이 협력해 준 덕분에 몇 년간 진척이 없던 난제가 며칠 만에 풀렸다.

뭐 이런 문제는 원래 해결책이 의외로 간단한 법이다.

기술과 재료가 있으면 그다음부턴 발상의 전환이 중요해진다.

물론, 발상을 어떻게 전환해야 하는지 몰라 개고생하는 거지만.

우린 지금까지 열처리 방식과 처리하는 시간에만 신경 썼다.

근데 왜국 대장장이들은 열처리하면서 강도를 높여 주는 몇 가지 화학 물질을 첨가하는 방법으로 드릴 제조에 성공했다.

이 드라마틱한 전환에 가장 기뻐한 이는 박영준과 카시니였다.

그들은 서둘러 새 드릴로 참매와 천둥에 선조를 뚫는 실험에 착수했고 거기서 성과가 나오자 바로 공정에 도입했다.

그사이 나는 왜국 대장장이들과 유탄을 연구했다.

왜국 대장장이들은 두 가지 기술을 가르쳐 주었다.

하나는 포탄을 쏠 때, 신관이 포구 압력을 견디는 기술이었다.

그리고 다른 하나는 정밀한 지연 신관을 만드는 기술이었다.

우리가 비격뢰에 쓰는 지연 신관 기술은 내부에 도화선을 넣은 뒤에 불을 붙여 터트리는 말 그대로 원초적인 방식이다.

근데 왜국 대장장이들은 유탄에 충격이 가해지면 작동하는 거의 현대적인 개념에 가까운 지연 신관 기술을 갖고 있었다.

보다 진보한 과학 기술이라 칭함에 부족함이 없을 정도.

다만, 그런 왜국 대장장이들에게도 골치를 앓는 문제가 하나 존재했는데.

바로 신관의 안정성이다.

원래 정밀한 기계 장치가 필요한 지연 신관보다는 충격을 받으면 그대로 폭발하는 충격 신관 제조가 훨씬 쉬운 편이다.

물론 비교적 쉽다는 말이다.

충격 신관이 성공하기 위해선 신관이 포탄에 가해지는 압력을 견디면서 지면 혹은 건물에 충돌했을 땐 터져야 한다.

그런데 신관이 너무 민감하면 포구에서 나갈 때 충격을 받아 바로 터져 버리고, 그렇다고 너무 둔감하면 목표물에 충돌해도 터지지 않는 불량품이 생긴다.

왜국 대장장이들은 그 절묘한 지점을 찾아내지 못한 것이다.

이런 난관을 돌파하는 방안으로 신관을 아예 둔감하게 만들어 탄착한 뒤에 지연 신관을 써서 터트리는 다른 루트를 뚫었는데.

난 그 말을 듣고 속으로 쾌재를 불렀다.

신관, 정확히 말하면 신관에 들어가는 뇌홍의 민감도를 조정하는 기술이야말로 우리가 가장 심혈을 기울인 분야였으니까.

그동안 수만 번의 실험을 통해 쌓인 데이터만도 어마어마하다.

그런 데이터에다가 왜국 대장장이가 지닌 뛰어난 신관 제조 기술을 더하면 완벽한 충격 신관을 만들 가능성이 커지겠지.

거기다 예상치 못한 보너스도 하나 딸려 왔다.

왜국 대장장이들이 금속 탄피도 연구했단 것을 알게 된 거다.

심지어 그 수준도 놀라워 내 눈엔 거의 완성 단계로 보였다.

난 궁금함을 참을 수 없어 하루는 한조를 불러 물었다.

"금속 탄피를 만들 생각은 어떻게 한 거지?"

한조가 통역을 통해 대답했다.

"모두 쇼군께서 연구하신 겁니다."

"쇼군이면 도쿠가와 이에쓰나 말인가?"

한조가 맞다는 듯 고개를 끄덕였다.

"혹시 드릴도?"

"그렇습니다."

난 한조를 돌려보낸 뒤에 헛웃음을 지었다.

혹시 도쿠가와 이에쓰나에게 빙의한 그 오노 이시카와란 놈이 전생에서 금속 관련 엔지니어를 직업으로 가졌던 걸까?

뭐 진작 죽어 버려서 지금은 알아낼 방법이 없겠지만.

어쨌든 덕분에 나만 꿀을 빨게 생겼네.

며칠 고민하고 나서 박영준, 카시니, 한조를 한자리에 모았다.

한조는 명령을 고분고분 따랐다.

아니, 요즘은 오히려 전보다 더 적극적으로 우릴 도왔다.

왜국 대장장이가 한조 혼자였을 때는 우리 연구원과 엔지니어들 앞에서 거들먹거리기도 했단 말을 들은 적이 있었다.

기술을 한시라도 빨리 빼내야 하는 서유럽회사 처지에서는 한조를 어떻게 하기가 쉽지 않단 사실을 알아서였을 거다.

근데 지금은 왜국 출신 목수와 대장장이가 100명이 넘는다.

그 100명이 전부 한조 수준의 기술력을 갖고 있진 못한다지만 서너 명이 힘을 합치면 비슷한 결과를 이끌어 낼 수 있다.

즉, 한조가 마음에 안 들면 어디 산골에 있는 광산으로 치워 버리고 나서 다른 목수와 대장장이를 중용하면 된다는 뜻.

이런 변화를 알아챘는지 더 이상 거만하게 행동하지 못했다.

나로서는 더할 나위 없이 좋은 상황.

하여 세 명을 불러 놓고 그간 계획해 뒀던 새로운 프로젝트에 관해 설명했다.

"소총은 최대한 빨리 참매에서 송골매로 넘어간다."

송골매 연구를 진행하던 박영준이 흠칫했다.

그리고 카시니는 그런 박영준을 딱하다는 표정으로 바라보았다.

그렇게 여유를 부릴 때가 아닐 텐데?

"천둥은 우레를 지나 바로 벼락으로 간다."

옆집이 불타는 걸 보고 혀를 차다가 돌아왔더니 자기 집이 불타고 있는 걸 본 사람처럼 카시니가 우거지상을 하였다.

"아아, 다들 무슨 말을 하고 싶은지 안다."

"정, 정말 아시옵니까?"

"아직은 그럴 기술 수준이 아니라는 거겠지."

"제가 드리고 싶은 말씀이 바로 그것이었사옵니다."

"하지만 과인이 며칠 고민해 본 결과, 한조와 같은 왜국 출신 목수와 대장장이들이 도와주면 충분히 가능할 거라 본다. 결정적으로 과인도 소매를 걷고 좀 더 본격적으로 나설 생각이니까 그리 부담 가질 필요 없다. 단, 개발 기간이 너무 오래 걸리면 전체적인 계획이 흐트러지니까 빠를수록 좋겠지."

"아아……."

박영준과 카시니가 어이없어했다.

부담 가질 필요 없다면서 개발 기간은 빠를수록 좋다고?

이게 말이야, 방구야 하는 표정으로 바라보는 두 사람.

난 옆으로 손을 내밀었다.

그 즉시, 왕두석이 주먹만 한 금덩이를 내 손에 올려놓았다.

난 금덩이를 세 사람 앞에 내밀었다.

"프로젝트가 성공하는 데 크게 기여한 연구원과 장인에겐 출신, 나이, 직급에 상관없이 이 금덩이를 하나씩 주겠다."

그 말이 끝나기 무섭게 세 사람은 바로 프로젝트를 시작했다.

역시 동기 부여는 말로 하는 게 아니라, 금융으로 하는 거다.

나도 손 놓고 구경만 하진 않았다.

가장 까다로운 프로젝트인 금속 탄피 연구를 주도했다.

우선 기술 연구소가 제조한 롤러로 구리판을 넓혔다.

이어 넓힌 구리판을 말아서 원통형의 탄피 형태로 만들었다.

그렇게 해서 탄생한 탄피의 하부에 충격 신관을 넣고 그 위에 추진력을 높이기 위해 특수 제작한 장약을 넣었다.

여기까지 하면 반 정도 온 셈이다.

이젠 제일 중요한 탄자, 즉 총알을 만들어야 한다.

총알은 모양을 잡기 편한 납을 써서 만들었다.

납탄 겉에는 다시 구리로 제작한 원뿔 형태의 껍데기를 씌우는데, 여기까지 완성했으면 사실상 탄환 제작은 끝난 셈이다.

탄자를 탄피에 끼우기만 하면 되니까.

물론 말이 그렇다는 얘기다.

아직 뛰어넘어야 할 난관이 몇 군데 있었으니까.

하지만 서유럽회사 화기 연구소가 보유한 신관 기술과 이에쓰나가 개발한 금속 탄피 기술이 합쳐지며 끝내 결실을 보았다.

난 박영준이 가져온 탄환을 살펴보며 고개를 주억거렸다.

"음, 괜찮게 나온 거 같다."

"황공하옵니다."

"규격을 정확히 지켜 가면서 즉시 양산에 들어가라."

"알겠사옵니다."

이어 참매를 송골매로 업그레이드하는 작업에 들어갔다.

금속 탄환을 참매로 쏠 순 없으니까 당연한 일이다.

참매의 약실 구조가 금속 탄환과 맞지 않아서다.

그나마 다행인 건 참매 자체가 워낙 좋은 총이란 점이다.

맨땅에서 헤딩하기보단 참매를 약간 개조하는 식으로 송골매를 만들 수 있다는 말이다.

우선 약실 구조를 금속 탄환 형태에 맞게 바꿨다.

그리고 공이를 약실 뒤로 끌어들였다.

마지막으로 가장 중요한 노리쇠는 처음부터 설계해 다시 만들었는데, 여기서 애를 먹어 시간을 가장 많이 잡아먹었다.

어쨌든 개발 기간을 약간 초과하는 선에서 실증 실험까지 끝나 미리 제작해 둔 선조 총신과 결합해 송골매를 완성했다.

그리고 천만다행으로 시험 사격에서도 합격점을 받았다.

물론, 모든 걸 다 성공할 순 없는 법이다.

설령 그게 버프와 스킬, 도서관이 있는 나라도 말이다.

송골매가 금속 탄환이란 호재를 안고 도약하는 동안.

벼락을 연구하던 카시니의 야포 개발 부서는 내가 직접 참여했음에도 별 진전이 없어 지연 신관 유탄을 만드는 데 그쳤다.

그나마 드릴로 포신에 선조를 뚫는 데 성공한 건 다행이었다.

풀이 죽어 보고하는 카시니의 어깨를 두들겼다.

"실망하지 마라. 애초에 과인이 시간을 너무 적게 준 탓이니까."

"황송하옵니다……."

"이젠 유탄 생산량을 늘리는 데 집중해라. 기존 천둥포를 회수해 선조를 뚫는 작업도 서두르고."

"예, 전하."

난 화기 사업부를 떠나 기술 연구소로 향했다.

기술 연구소는 두 가지 프로젝트를 동시에 진행했다.

하나는 공작 기계 개발이었는데, 이건 최석항이 맡고 있었다.

그렇다고 무슨 CNC를 개발하고 있단 뜻은 아니다.

정밀하게 금속을 가공하는 선반을 개발하는 프로젝트다.

송골매에 들어가는 정교한 부품 몇 가지를 좀 더 완성도 높게 만들기 위해선 필수인 프로젝트라 꽤 공을 들이고 있었다.

두 번째 프로젝트는 전에 언급한 열기구다.

이건 형인 최석정이 맡아 독자적으로 개발하고 있었는데, 개발 일정이 늦어져 정작 2차 조왜 전쟁에선 써먹지 못했다.

하지만 지금은 어느 정도 성과를 거둬 열기구 크기도 늘어났고 실을 수 있는 화물 적재량도 거의 몇 배로 증가했다.

마침 기술 연구소를 찾았을 땐 완성된 열기구를 시험 중이었다.

놀랍게도 최석정이 직접 열기구에 올라타 석탄을 때워 만든 수증기로 풍선을 부풀리더니 서유럽회사 상공으로 부상했다.

근처 사는 백성들이 열기구를 보고 놀라 포도청에 신고하는 작은 해프닝이 있긴 했지만 어쨌든 프로젝트는 성공이었다.

공군 역할을 해 줄 열기구 완성까지 보고 난 뒤에는 약속한 대로 프로젝트 성공에 이바지한 박영준, 한조, 최석정 등에게 큼직한 금덩이를 하사하고 서둘러 대궐로 돌아갔다.

내가 서유럽회사에 상주하는 동안.

군과 조정도 바쁘게 움직였다.

조정은 재정에 무리가 가지 않는 선에서 군수 물자를 생산했다.

그리고 군은 신병을 늘려 조선군의 양적 팽창을 시도하면서 한편으론 '조선의 역습'이라 불리는 작전을 준비했다.

조선의 역습은 왜국 본토를 공격하는 작전의 코드명이다.

177장. 내가 생각한 본국의 지시는 이거예요

조선의 역습 작전은 시간과의 싸움이다.

나도 안다.

충분히 준비한 뒤에 펼치는 작전이야말로 필승의 지름길임을.

하지만 현시점에선 그 무엇보다 속전속결이 중요하다.

시간을 끈다는 것은 조선 스스로 위기를 자초하는 것이나 다름없기 때문이다.

상륙 작전의 가장 큰 변수가 되는 왜군 함대의 재건이 이뤄지도록 내버려 둬선 안 된다.

2차 조왜 전쟁 때, 왜군은 몰라도 군함은 한 척도 살려 보내선 안 된단 어명을 내린 것도 그런 이유에서다.

내가 생각한 타임 리미트는 1년이다.

즉, 은이가 돌을 맞이하기 전까지 모든 준비가 끝나야 했다.

1년이란 시간을 중요하게 여긴 이유는 하나 더 있다.

바로 대의명분이다.

명분 없는 전쟁은 무도한 침략에 불과하다.

그리고 그런 침략 전쟁은 두 가지 면에서 위험을 내포한다.

하나는 장병의 사기가 떨어진단 점이다.

적과 싸워야 할 명분을 찾지 못한 전쟁에서 개보다 못한 비참한 죽음을 맞이하는 현실에 분노하지 않을 인간은 없다.

크게 드러나진 않았지만 2차 조왜 전쟁에서 왜군이 참패한 이유도 제대로 된 대의명분 없이 전쟁을 일으켰기 때문이다.

두 번째 이유는 적이 똘똘 뭉쳐 저항하게 만든다는 점이다.

살얼음판을 걷던 냉전 시절에도 외계인이 쳐들어오면 미, 소가 연합해 싸울 거라는 농담이 정말 농담만은 아닐 거다.

아무리 평소에 서로 헐뜯고 싸워 원수보다 못한 사이일지라도 외적이 쳐들어오면 어떻게든 뭉쳐서 저항하기 마련이다. 그게 본능이니까.

반대로 쳐들어가는 쪽에서 대의명분만 확실히 제공한다면 앞서 말한 예의 정반대가 되어 오히려 쉽게 승리할 수 있다.

우리 장병은 따로 동기를 부여하지 않더라도 사기가 하늘을 찌를 테지만, 반대로 상대는 책임 소재를 두고 분열하는 바람에 제대로 싸워 보기도 전에 지는 그림이 그려질 수 있다.

이번 조선의 역습에선 대의명분이 우리에게 있다.

침략자를 응징하는 것보다 더 큰 대의명분이 어딨겠나.

다만, 시간이 중요하다.

우리가 5년 뒤에 쳐들어간다고 가정해 보자.

이미 그땐 대의명분의 유통기한이 끝나 버린 뒤일 거다.

우리 장병은 왜국에 쳐들어가서 자기들이 피를 흘려야 하는 상황에 의문을 가질 테고, 반대로 왜국은 5년 전에 본인들이 저지른 패악을 까맣게 잊고 적반하장식으로 나올 거다.

일본이 전후에 한 짓이 훌륭한 예다.

패망하고 나서 40년도 지나기 전에 그들이 저지른 식민 지배와 그들이 일으킨 태평양 전쟁을 정당화하면서 반인류 범죄는 부정하고 피해자 코스프레에 열을 올리고 있지 않은가.

그래서 난 대의명분의 유통기한이 쌩쌩하면서도 왜군이 함대를 재건하기는 불가능한 시간인 1년을 리미트로 잡은 거다.

내가 좋아하는 영화인 '대부 1'에 이런 장면이 나온다.

주인공 마이클 콜레오네가 조카의 세례식을 하는 동안, 부하를 몰래 보내 경쟁 마피아를 한꺼번에 제거하는 장면이다.

가장 성스러워야 할 성당 세례식 장면과 선혈과 총성이 난무하는 암살 현장의 모습을 교차 편집한 장면은 지금도 영화사 최고의 편집으로 꼽히는데 지금 내가 하는 일도 비슷하다.

평안공주라는 작호를 받은 은이의 첫 돌을 기념하는 화려한 행사가 창덕궁의 명소를 오가며 사흘 내리 펼쳐지는 동안.

난 희정당에서 전쟁을 위한 작전을 짜고 있었다.

희정당 중앙의 원형 테이블에 주요 인사가 집결했다.

원형 테이블을 들여놓은 이유는 신하들이 신분과 지위를 잊고 허심탄회하게 논의하여 최상의 결과를 도출했으면 해서다.

하지만 역시 문관과 무관, 군과 조정은 섞이기 힘든 모양이다.

이완, 유혁연, 이여발, 방오, 오효성, 강대산을 포함한 군 관련 인사들은 전부 테이블의 우측에 자리를 잡고 앉은 반면.

이경석, 조경, 송시열, 송준길, 김수항, 민정중, 윤휴, 허목, 윤선도, 허적, 김좌명, 이현일은 오른쪽에 자리했다.

그렇다고 결실이 없다는 말은 아니다.

이틀 동안, 문무관이 밤을 새워 가며 논의한 결과.

대략적인 진격 시기와 방식이 정해졌다.

난 전략 목표를 지정해 주는 일 정도만 참여했다.

"전략 목표는 명확해야 하오."

이경석이 대표로 물었다.

"생각해 두신 목표가 있으시옵니까?"

"전황을 봐 가며 진퇴를 정하겠단 말이 꽤 합리적인 것처럼 들릴 수도 있지만, 복잡한 전장에선 오히려 혼란만 더할 뿐이오."

"맞는 말씀이시옵니다."

"하여 이번 왜국과의 전쟁에서 우리 군대와 조정이 반드시 달성해야 하는 전략 목표는 크게 세 가지로 추릴 수가 있소!"

"어떤 것들이옵니까?"

"첫 번째는 2차 조왜 전쟁을 일으킨 전범, 즉 삿초 동맹의 시마즈 쓰나히사와 모리 쓰나히로 두 명을 잡아 응징하는 거요."

"지당하신 말씀이옵니다."

"이 점을 왜국에 분명히 전달해 삿초 동맹을 제외한 다른 지역의 번주들이 삿초 동맹과 거리를 두도록 선무 공작을 펼쳐야 하오."

선무 공작을 맡은 강대산이 일어나 머리를 조아렸다.

"저희 용호군은 언제나처럼 최선을 다할 것이옵니다."

"과인도 용호군을 믿소."

난 이어 두 번째 전략 목표를 정해 알려 주었다.

"또한 저번 전쟁에서 입은 우리의 손실을 배상받아야 하오."

이경석이 다시 물었다.

"왜국에 배상금을 요구하실 거란 뜻이옵니까?"

"놈들의 습성을 보면 우리가 달란다고 그냥 줄 놈들이 아니오. 해서 과인은 직접 받아 낼 작정이오."

난 왜국 지도를 펼쳐 놓고 점 몇 개를 찍었다.

"우선 조선의 목에 칼을 대고 있는 곳이나 마찬가지인 대마도부터 영구 복속할 것이오."

"현명하신 결정이옵니다."

"이어 금광이 있는 사도섬, 은광이 있는 이와미, 동광이 있는 벳시 이 세 지역을 300년 동안 우리 조선에 조차하는 협정을 왜국 정부를 굴복시켜서라도 반드시 받아 내야 하오."

18세기 에도 막부의 주요 수출품으로 자리 잡은 구리는 우리 조선이 있는 한반도에 비해 매장량이 훨씬 풍부한 편이다.

심지어 우리가 화폐 경제로 넘어가던 시기, 동전 주조에 들어가는 구리 대부분을 동래 왜관을 통해 수입해 올 정도였다.

그 외에도 구리는 무기를 포함한 다양한 금속 제품에 들어가는 필수 원재료라 이참에 그 원산지를 확보할 생각이었다.

물론, 왜국에는 아시오나 히타치 같은 구리 광산이 더 있었지만, 이들은 내륙 깊숙한 곳에 위치한 탓에 관리하기 어렵다.

반면, 벳시는 시코쿠 북쪽 연안에 있어 통제가 용이했다.

규슈에서 좀 더 서쪽으로 깊이 들어가야 하지만 우린 수군에 자신 있으니까 충분히 통제할 수 있다고 본 거다.

"마지막 세 번째는 왜국에 들어설 새 정부와 정식으로 통교하는 거요."

"꼭 적국과 통교해야 하는 것이옵니까?"

"우린 지금 전쟁한다고 물자를 과잉 생산하는 바람에 골치를 앓고 있소."

물론 중국이란 큰 시장이 있어 당장 큰 문제가 되진 않는다.

다만 청에 플레이어가 존재하는 이상, 언제고 저들과의 충돌이 벌어질 것은 염두에 둬야 한다.

중국 시장이 막힐 때를 대비해야 한다는 뜻이다.

"왜국은 인구가 많고 물산도 꽤 풍부한 편이오. 하여 새 정부를 세우고 그들과 통교할 수만 있다면, 우리가 생산한 과잉 물자를 처리하는 또 하나의 시장으로 삼을 수 있소."

"전하의 혜안에 깊이 탄복할 따름이옵니다."

"이번 조선의 역습 작전은 반드시 이 세 가지 전략 목표를 이루어야만 성공한 전쟁이 될 수 있소. 내 말 명심하시오."

"예, 전하!"

"좋소. 이제 구체적인 작전에 대해 논의합시다."

회의는 밤늦도록 이루어졌다.

그리고 어디선가는 이미 전쟁을 수행하고 있었다.

백성들이 잘 모를 뿐이지.

◆ ◈ ◆

규슈 지쿠젠 용호군 안가.

홍장미가 방금 해독한 암호문을 유연에게 건넸다.

유연은 암호문을 두 번 정독한 뒤에 바로 촛불에 태워 없앴다.

잠시 둘 사이에 침묵이 감돌았다.

그리고 언제나처럼 먼저 침묵을 깬 사람은 홍장미였다.

"최제문 과장님이 용호군에선 처음으로 2급 훈장을 받았군요."

"전체로 따져도 금군 좌별장 김준익 장군님에 이어 두 번째요."

"과장님의 업적을 생각하면 2급 훈장도 부족하죠."

"동감이오."

두 사람의 얼굴엔 기쁘면서도 씁쓸한 기색이 어렸다.

공훈을 인정받아 마땅히 영광을 누려야 할 이가 부재하기에.

오늘따라 그의 빈자리가 더없이 공허하게 느껴졌다.

그러나 서글픈 감정을 느끼는 것과 당장 당면한 과제를 해결하는 것은 별개의 일.

홍장미가 급히 화제를 전환했다.

"대마도주 소 요리타카 소식도 읽었죠?"

"읽었소. 착호군이 넘어가서 요리타카를 죽이고 우리 추룡군이 비밀리에 키우던 소 요시마사를 도주로 앉혔다고 하더군."

"소 요시마사가 대마도만 제대로 장악해 줘도 지금처럼 본국 용호군과 암호문이 오가는 데 몇 달은 걸리지 않을 거예요."

이어 두 사람은 본국에서 내려온 지시에 대해 논의했다.

이번엔 유연이 먼저 입을 열었다.

"사쓰마 번과 조슈 번 사이를 이간질해 삿초 동맹을 깨라고 하는데, 난 그게 정확히 어떻게 하라는 건지 아직 잘 모르겠소."

"뭐가 헷갈리는 거죠?"

"사쓰마 번과 조슈 번 사이가 틀어지게 하란 뜻이오? 아니면 아예 둘 사이에 싸움을 붙여 양패구상하게 만들라는 거요?"

"고민할 게 있나요? 둘 다 하면 되죠."

"응?"

"둘 사이의 관계가 틀어져 동맹을 유지할 수 없는 지경에 이르렀을 땐 작은 불씨에도 알아서 활활 타오르지 않겠어요?"

"흐음."

"내가 생각한 본국의 지시는 이거예요."

"경청하겠소."

"삿초 동맹이 자중지란을 일으켜 간토 쪽 일에 끼어들지 못하게 하라. 곧 바다를 건너 상륙하는 우리 본대가 간토 쪽을 처리하는 동안, 귀찮게 하지 못하게 만들라는 거 아니겠어요?"

"듣고 보니 낭자의 말이 맞는 거 같소."

의견 일치를 본 두 사람은 작전을 세워 실행에 옮겼다.

그러면서 임무도 나눴다.

활동이 비교적 자유로운 유연이 작전을 실행하는 동안, 홍장미는 안가에 남아 전체적인 작전을 조율하기로 하였다.

유연은 가장 먼저 사쓰마와 조슈 두 번을 분석했다.

그 결과, 조슈 번은 능력에 비해 욕심이 많고 사쓰마는 결정, 판단 등이 모두 거칠다는 걸 알게 되어 작전에 응용했다.

우선 사쓰마와 조슈 번이 모두 관심을 가질 만한 미끼가 필요했는데, 다행히 이 부분에선 두 사람의 의견이 일치했다.

바로 부젠의 고쿠라 번이다.

규슈 북동쪽 끝자락에 위치한 부젠의 고쿠라 번은 간몬 해협을 사이에 두고 시모노세키와 아주 가깝게 맞닿아 있는데.

사실 다리로 건널 수 있는 수준이라 해협 축에도 들지 못했다.

하지만 지정학적인 면에서는 아주 중요한 가치를 지니고 있었는데.

시모노세키를 영지로 둔 조슈 번이 규슈로 세력을 뻗치기 위해선 부젠에 있는 고쿠라 번을 반드시 점령하고 들어가야 했다.

마찬가지로 사쓰마의 입장에선 번의 존속과 평화를 위해 반드시 수호해야 하는 지역이었다.

유연과 홍장미는 그러한 이유에서 이 고쿠라 번을 성대한 불꽃놀이의 시작을 알리는 데 필요한 불씨로 삼으려는 거다.

다행히 분위기는 이미 조성되어 있었다.

삿초 동맹은 몇 년 동안 준비한 군함 수백 척과 병사 수만 명을 포항 앞바다에서 한꺼번에 잃는 엄청난 타격을 입었다.

헛되이 죽은 병사들의 유족이 거세게 들고일어나는 바람

에 누군가는 책임을 져야 하는 상황.

당연히 사쓰마와 조슈는 상대 번에 패전의 책임을 떠넘기기 바빴다.

그로 인해 두 번 사이의 분위기는 날이 갈수록 나빠져 요즘은 만나기만 하면 서로 으르렁대지 못해 안달이다.

유연은 사람들의 심리를 조작하기 위해선 정말로 현실에 있을 법한 사건이 필요하다는 걸 일찍부터 깨닫고 있었다.

"가자."

"예."

규슈 사투리에 능한 부하를 고쿠라 번 어부로 변장시킨 유연은 낡은 어선을 타고 시모노세키 쪽으로 노를 저어 나아갔다.

해협을 반쯤 지났을 때.

반대편에서 시모노세키 어부가 모는 어선이 몇 척 다가왔다.

고쿠라 번 어부와 시모노세키 어부는 앙숙으로 유명했다.

같은 어장을 반씩 나눠 쓰다 보니 다툼이 있을 수밖에 없었다.

유연의 어선이 양측이 정한 선을 넘는 순간.

시모노세키 어부가 잔뜩 몰려와 욕을 하며 장대로 위협했다.

부하도 걸쭉한 규슈 사투리로 쌍욕을 퍼부으며 대응했다.

욕을 하다 보면 흥분하기 마련이다.

그리고 흥분이 도를 넘으면 이성을 잃는다.

결국, 먼저 분을 이기지 못한 시모노세키 어부들이 장대와 낚싯대로 유연 일행이 탄 배를 뒤집어 전복시키려 들었다.

이에 근처 바다에서 조업하던 고쿠라 번 어부들이 잔뜩 몰려와 유연 일행을 위해 시모노세키 어부와 싸우기 시작했다.

그 틈에 유연이 슬쩍 부하에게 손짓했다.

고개를 끄덕인 부하는 작살을 들고 시모노세키 어선으로 뛰어들어 장대로 공격하는 어부 몇 명을 두드려 팼다.

그다음엔 유연 일행이 따로 나설 필요도 없었다.

피를 본 양쪽은 누가 먼저랄 거 없이 흉기를 꺼내 휘둘렀다.

그날 싸움으로 죽고 다친 이만 수십 명이었다.

그런 식의 싸움이 몇 차례 반복되는 동안.

양쪽의 감정은 나날이 격해져 돌아갈 수 없는 강을 건넜다.

178장. 전군, 출정하라!

유연은 옆에 앉은 장사 체구의 사내에게 물었다.

"이름이 고명이시라고요?"

"맞습니다."

"그럼 이름처럼 실력도 뛰어나시겠군요."

"예?"

"고씨는 착호군 고검 군장님이 훈련소에서 뛰어난 성적을 거둔 요원에게만 준다는 소문을 들었습니다."

"허허, 과장된 소문입니다."

"그렇습니까?"

"그리고 제 이름이 고명인 이유는 실력이 고명해서가 아닙니다."

"그러면 왜?"

"제가 명랑해 보인다고 지어 주신 이름입니다."

"평소에 명랑한 편입니까?"

"아닙니다. 태어나서 명랑하다는 말을 그때 처음 들었습니다."

"뭐 군장님이 생각하는 명랑의 기준이 우리와 다를 수도 있겠죠."

"제발 그랬으면 좋겠습니다."

두 사람이 그늘에 앉아 더위를 피하면서 서로에 대해 알아가는 동안, 바로 앞 간몬 해협에서는 피와 욕설이 난무했다.

처음엔 수십 명으로 시작한 고쿠라 번과 시모노세키 어부의 마찰은 이제 수천 명 단위로 규모가 늘어나 있었다.

물론, 그들이 다 어부는 아니었다.

고쿠라 번과 시모노세키가 자기네 병사들을 대거 어부로 위장시켜 곳곳에 심어 둔 것이다.

고쿠라 번과 시모노세키의 의도는 뻔했다.

여기서 약한 모습을 보이면 절대 안 된다는 거다.

간몬 해협 사태는 더 이상 단순한 어촌 간 어장 싸움이 아니었다.

시간이 지나면서 고쿠라 번의 뒤를 봐주는 사쓰마 번과 시모노세키를 소유한 조슈 번의 대리전쟁 양상으로 확산되고 있었다.

그때, 유연이 간몬 해협이 잘 보이는 언덕을 가리켰다.

"표적이 나타났습니다."

고명도 재빨리 망원경으로 언덕을 훑었다.

화려한 갑옷과 투구를 걸친 사무라이 수십 명이 말에 탄 상태로 간몬 해협에서 벌어지는 분쟁을 유심히 관찰하고 있었다.

고명이 망원경으로 사무라이들을 살펴보며 물었다.

"저 중에 표적이 누굽니까?"

"붉은 갑옷을 입은 노인입니다. 고바야카와 다쓰스게란 잔데, 조슈 번 영주와 팔촌쯤 됩니다."

"한데 성은 모리가 아니군요."

"저 집안이 원래 좀 복잡합니다."

"흠."

"지금은 조슈 번의 명을 받고 시모노세키를 관리하는 중인데 저 영감을 없애면 불꽃을 좀 더 크게 키울 수 있을 겁니다."

망원경을 품에 넣은 고명이 천천히 일어섰다.

"유 요원께선 퇴로를 맡아 주십시오."

"지금 여기서 하겠단 겁니까?"

"간몬 해협과 가까운 편이 더 좋지 않겠습니까?"

"아, 무슨 말인지 알겠습니다."

말없이 고개를 끄덕인 고명은 봇짐에 든 총을 꺼내 조립했다.

유연이 눈을 반짝이며 물었다.

"처음 보는 총이군요."

"송골매입니다. 최신식이죠."

"소문으로 듣긴 했는데 실물이 이렇게 생겼었군요."

고명은 노리쇠를 당겨 고정한 뒤에 탄환을 꺼내 약실에 넣었다.

이어 노리쇠를 풀어 장전을 마쳤다.

마지막으로 망원경을 잘라 낸 것처럼 생긴 장치를 총에 달았다.

조립을 마친 고명은 송골매를 몇 번 견착해 보고 나서 만족한 표정을 지었다.

유연이 호기심 가득한 표정으로 물었다.

"그 총에 단 망원경은 뭡니까?"

"스코프라는 장빕니다. 서유럽회사 공업 사업부의 신제품이죠."

"고국을 떠나온 지 몇 년 되지도 않았는데 많이 바뀌었습니다."

"예, 하루가 다르게 변하는 중이죠."

대답한 고명은 조심스럽게 언덕으로 접근했다.

유연에게 실력이 좋아 고명이란 이름을 얻은 건 아니라 했지만, 사실 그는 착호군 훈련소에서 수석을 차지했다.

당연히 사격 실력 역시 뛰어났다.

여기에 개량된 총기까지 더해졌으니 금상첨화.

선조 덕분에 송골매의 사정거리가 크게 늘어났고, 할로우

포인트란 금속 탄환도 신뢰할 만했다.

할로우 포인트는 제대로 맞히기만 하면 몸을 관통해 빠져나가지 않고 표적의 몸을 돌아다니며 치명상을 입힐 수 있었다.

문제가 있다면 표적이 걸치고 있는 단단한 갑옷이었다.

화기 연구소 실험 결과에 따르면 왜군 갑옷을 관통할 순 있지만, 거리에 따라 치명상을 입히긴 힘들 수도 있다고 하였다.

한 방에 확실하게 죽이기 위해서는 당연히 거리가 짧을수록 좋았다.

150미터까지 접근해 관목숲 안으로 들어간 것도 그 때문이었다.

조준을 마친 고명은 숨을 천천히 내쉬다가 멈췄다.

이어 스코프에 잡힌 표적의 가슴 윗부분을 겨냥했다.

그리고 방아쇠를 당기는 순간.

탕!

기분 좋은 반동이 울림과 동시에 표적이 말 등에서 떨어졌다.

고명은 재빨리 스코프로 표적의 상태를 확인했다.

얼굴에 총알을 맞은 표적은 피를 쏟아 내며 꿈쩍하지 않았다.

만족한 고명은 총과 탄피를 들고 조용히 숲을 빠져나왔다.

그리곤 그사이 유연이 끌어온 군마를 타고서 황급히 자리를 벗어났다.

얼마 후 이번 저격 사건에 큰 충격을 받은 조슈 번에서 가신 몇 명을 시모노세키로 급파해 고바야카와 다쓰스게의 죽음을 조사했다.

하지만 흉수는 찾지 못했다.

사건이 벌어졌을 당시 고명과 유연이 가져온 군마를 타고 수색 범위를 순식간에 벗어나 버렸기 때문이다.

결국, 가신은 고바야카와 다쓰스게의 암살을 고쿠라 번의 소행으로 결론짓고서 해당 사실을 조슈 번 영주에게 보고했다.

모리 쓰나히로가 어떤 반응을 보였는지는 알려지지 않았다.

하지만 별 상관없었다.

조슈 번이 무려 2만 병력을 시모노세키로 보냈으니까.

이는 고쿠라 번을 병력으로 찍어 누르겠단 의지의 표명이었다.

근데 조슈 번의 이러한 움직임은 고쿠라 번만이 아니라, 그 뒤를 봐주는 사쓰마 번까지 크게 자극하는 결과로 이어졌다.

사쓰마 번 영주 시마즈 쓰나히사가 고쿠라 번을 지원하기 위해 조슈 번보다 많은 3만 병력을 투입한 것이다.

삿초 동맹은 더 이상 협력 관계가 아니었다.

왜국 패권을 놓고 싸우는 경쟁자 관계로 돌변한 것.

에도 막부는 현재 왜국을 통제할 힘이 없었다.

조왜 전쟁에서 엄청난 손해를 본 데다, 도쿠가와 이에쓰나마저 친정에 나섰다가 죽는 바람에 내부 단속조차 쉽지 않았다.

이런 상황에서 막부의 말발이 제대로 설 리 없는 것은 당연한 일.

그리고 그런 에도 막부를 위협할 만한 가장 큰 세력은 역시 삿초 동맹이었는데 그 삿초 동맹에 커다란 균열이 생긴 거다.

사태의 흐름을 살피던 홍장미는 이렇게 평했다.

"우리가 사건을 조작해 조슈 번과 사쓰마 번을 움직인 것처럼 보이지만 실상은 달라요. 우린 그저 시기를 조금 앞당겼을 뿐이에요. 삿초 동맹은 언젠간 깨질 수밖에 없는 운명이었던 거죠."

고명이 흥미롭단 표정으로 물었다.

"에도 막부를 무너트리고 자신들만의 막부를 세우기 위해서는 오히려 동맹을 계속 유지하는 편이 유리하지 않겠습니까?"

"이성적으로 보면 그렇겠지만, 세상사가 언제 뜻대로만 되던가요? 사람이 항상 이성적일 순 없죠."

"그건 그렇죠."

"더욱이 규슈를 가진 사쓰마 번과 주고쿠를 지배하는 조슈 번이 싸워서 어느 한쪽이 규슈와 주고쿠 두 지역을 가졌다고 상상해 보세요. 이미 왜국의 절반을 가진 거나 마찬가진데, 그것만 해도 그들로서는 이미 반 성공한 거나 다름없겠죠."

"일리가 있는 말씀입니다."

홍장미는 다음 작전을 유연과 고명에게 설명했다.

몇 시간 후, 유연과 고명은 용담호혈인 고쿠라 번에 잠입했다.

홍장미 말대로 곧 불이 붙을 건 안다.

하지만 조선 수뇌부는 그 불이 빨리, 그리고 세게 붙길 원한다.

이에 유연과 고명이 방화범 역할을 하기 위해 투입된 거다.

유연은 나무에 올라가 망원경으로 전방을 확인했다.

"저기 있군요. 노란 비단옷을 걸친 청년입니다."

노란 비단옷 위에 갑옷을 걸치고서 병사들을 사열하는 데 여념이 없는 청년.

바로 고쿠라 번의 현 영주인 오가사와라 다다타카였다.

같은 곳을 망원경으로 살펴보던 고명이 고개를 끄덕였다.

"저도 보았습니다. 듣던 대로 어리군요."

"표적의 나이가 신경 쓰입니까?"

"안 쓰인다면 거짓말이겠죠. 하지만 걱정할 필요는 없습니다. 임무는 임무이니까요."

말을 마친 직후, 송골매의 총구가 청년에게로 향했다.

고명의 저격은 이번에도 정확했다.

오가사와라 다다타카는 사열 중에 저격당해 즉사했다.

사실상 작전은 끝난 것이나 다름없었다.

고쿠라 번 가신들이 영주를 저격한 흉수로 조슈 번을 지목한 것.

그들의 행동은 거기서 그치지 않았는데.

가고시마의 사쓰마 번으로 몰려가 시마즈 쓰나히사에게 애걸하며 영주의 복수를 해 달라고 간청했다.

시마즈 쓰나히사는 전에 말한 대로 거칠었다.

오히려 이걸 기회를 삼아 주고쿠를 평정하겠다는 듯 대군을 이끌고 북상해 시모노세키에 주둔해 있던 조슈 번을 급습했다.

이에 조슈 번의 모리 쓰나히로도 이참에 규슈를 손에 넣겠다는 듯 주고쿠 전역에서 병력을 모아 사쓰마 번을 공격했다.

삿초 동맹이 삿초 전쟁으로 바뀌는 순간이었다.

난 망루 위에서 강릉항 주변을 가득 채우고도 모자라 항구 바깥까지 늘어선 통제영 대함대를 바라보며 감개무량했다.

군함 110척, 수송함과 기타 지원함 470척으로 이루어진 대함대가 짙은 안개 속에서 내 출진 명령만을 기다리고 있었다.

아마 이런 기분은 직접 이 자리에 서 보지 않고는 못 느끼겠지.

그러나 마냥 감상에 젖어 있을 수만은 없었다.

빨리 출발해야 조금이라도 일찍 도착하는 법이니까.

신속하게 알고 있는 공격용, 보조용 버프로 대함대를 도배했다.

육군에 필요한 버프는 어제 열린 연병장 사열 때 걸어 두었다.

필요한 작업을 끝마친 후, 조용히 팔을 들어 올렸다.

이완과 이여발 등 같이 있던 이들이 전부 동시에 숨을 죽였다.

난 배에 힘을 잔뜩 주고 외치면서 팔을 내렸다.

"전군, 출정하라!"

"와아아아!"

"출정하라!"

"출정하라!"

"출정하라!"

대함대는 곧 닻을 올리고 돛은 펴서 먼바다로 나갔다.

함대가 멀어져 가는 모습을 지켜보다가 이완에게 물었다.

"못 가서 아쉽진 않소?"

"이런 작전엔 소장보단 도제조 대감이 더 낫사옵니다."

"과인이 듣기론 도원수 대감은 뱃멀미가 심해 고사한……."

"하하하하!"

난 어색하게 웃는 이완을 무시하고 이여발에게 시선을 돌렸다.

"선봉 함대는 언제 출발했소?"

"나흘 전에 출발했사옵니다."

"그럼 이미 울릉도에 도착했겠군."

"그럴 것이옵니다."

"지원 함대의 출항은 언제요?"

"닷새 후에 1차가 예정되어 있으며, 2차는 보름 후에 진행될 것이옵니다."

"지원 함대 출정이 차질을 빚지 않도록 통제사가 신경 써주시오."

"예, 전하."

난 이젠 점처럼 보이는 함대를 힐끗 본 뒤에 망루를 내려갔다.

조선의 역습이란 이름처럼 이번 작전은 막부군이 쳐들어올 때 쓴 항로를 이용해 왜국 에도를 치기로 되어 있었다.

왜국이 한 일을 우리 함대가 못할 리 없다고 믿어서다.

안전을 기하기 위해 포로로 잡은 왜국 수군 수백 명을 길잡이로 삼아 같이 태워 보냈기에 크게 걱정하지 않았다.

태풍 같은 자연재해가 남아 있긴 했으나, 이 역시 버프로 도배해 놨으니 함대가 항해 중에 전멸하는 사고는 없을 거고.

왜국이 숭배하는 가미카제가 이번에는 불지 않는단 뜻이다.

난 도성으로 돌아와 이완과 훈련도감 상황을 다시 확인했다.

"이번에 차출한 부대가 어디라고 했소?"

41

"금위청, 총융청, 장용청이옵니다."

"그러면 다른 부대들은?"

"어영청은 1차 지원 함대와 함께 닷새 뒤에 넘어가고 수어청은 2차 지원 함대와 보름 뒤에 넘어가기로 되어 있사옵니다."

"하면 도성에 허점이 발생하지 않겠소?"

"염려하실 필요 없사옵니다. 그에 대해선 호국청이 맡기로 했사옵니다."

"이번에도 불교계에 신세를 지는군."

"불교계는 오히려 우리 제안을 반기는 눈치였습니다."

"뭔가 원하는 점이 있단 거겠지."

이완이 눈을 번득이며 물었다.

"그들에게 약조하신 것이 있으시옵니까?"

"그건 과인이 알아서 하겠소."

"예, 전하."

"저번에 대거 모집한 신병은 어디에 배치했소?"

"평안청과 함경청, 전라청과 경상청에 배치했사옵니다."

"잘했소. 국경은 한시도 비워 둬선 안 되니까."

내가 이완과 희정당에서 병력 배치에 관해 상의할 때.

강릉을 떠난 함대는 울릉도를 거쳐 오키노섬으로 가고 있었다.

179장. 와서 보셔야 할 거 같습니다.

전통적으로 육군과 수군은 사이가 좋지 않다.

거기엔 여러 가지 이유가 있다.

가장 큰 이유는 예산 문제일 경우가 많다.

지원을 바라는 곳은 많지만, 국방 예산은 한정되어 있기 때문이다.

세계에서 가장 큰 군대를 운영하는 미군도 마찬가지다.

두 번째 이유는 경쟁의식이다.

전쟁에서 더 주도적으로, 더 좋은 성과를 내기 위해 육해군이 경쟁할 수밖에 없는데, 2차 대전 일본 제국군이 좋은 예다.

엄밀히 따지면 메이지 유신 시절부터 일본 정국을 주무르던 두 번, 즉 조슈 번과 사쓰마 번까지 올라가야 할 테지만 어쨌든 일본 육해군의 경쟁은 수많은 병폐를 만들었다.

그러나 조선군은 다르다.

임진왜란 때 육군 병력이 부족하단 이유로 수군을 해체하려는 움직임이 있긴 했지만, 그건 매우 특수한 경우.

대부분은 육군이 수군 장수가 되기도 하고 수군이 육군 장수가 되기도 하는 터라, 사이가 나쁠 이유가 없었다.

지금도 마찬가지였다.

훈련도감 도제조이며 원정군 육군 사령관인 유혁연과 충청 수사면서 원정군 수군 사령관인 방오는 기함 함교에 나란히 서서 점점 가까워지는 오키노섬 근해를 관찰하고 있었다.

방오가 망원경을 내리며 말했다.

"생각보다 섬이 작습니다, 대감."

유혁연도 고개를 끄덕였다.

"그래도 없는 것보단 낫겠지요."

"그건 대감 말씀이 맞습니다. 오키노가 중간에 없었으면 노토와 사도섬에 가기까지 보급 문제로 인해 막막했을 겁니다."

그때, 군장 강대산과 대장사 오효성이 다가왔다.

넷 중에서 가장 나이가 많고 품계도 높은 덕분에 임금의 명으로 총사령관을 겸하고 있는 유혁연이 강대산에게 물었다.

"용호군은 출발했습니까?"

강대산이 고개를 끄덕였다.

"방금 오키노섬과 마츠에 번 양쪽으로 용호군을 보냈습니다."

"좋습니다. 하루 정도 기다렸다가 팔장사를 마저 올려보내지요."

그 말에 오효성이 가볍게 고개를 끄덕였다.

"예."

유혁연의 시선이 다시 강대산에게 향했다.

"오키노와 마츠에 번에서 활동하는 우리 요원이 얼마나 됩니까?"

"출정 전에는 4, 50명 선이었습니다."

"그러면 이미 어느 정도는 작업이 끝나 있겠군요."

"예, 특히 마츠에 번에는 우리와 협력 중인 마츠에카이가 있어 왜국에서 가장 활동하기 편한 지역이라 봐도 무방합니다."

강대산의 대답에 유혁연의 표정이 약간 풀렸다.

조선군은 이번 작전에서 현대적인 전술을 사용했다.

우선 1차로 용호군 요원이 잠입해 정보를 모았다.

적 해안 방어 시설 등 주요 시설물의 위치, 군함 및 병력 숫자, 주요 인사들의 동선과 관련한 정보였다.

또, 적의 주요 인사를 매수 혹은 포섭해 전투가 벌어지기 전에 아군에 도움이 되는 결정을 내리도록 조종하기도 했다.

그리고 오늘 용호군 요원 수십 명이 2차로 잠입했다.

2차 잠입한 요원들은 주로 착호군이었는데, 그들은 전투

개시와 동시에 적 주요 인사를 암살해 혼란을 주는 임무를 맡았다.

다음 날, 팔장사 정예 장사들이 야간에 침투했다.

팔장사는 대기 중이던 용호군 요원과 합류하고 나서 적의 주요 시설 중에서 파괴할 건 파괴하고 점거할 건 점거했다.

그런 상태에서 마지막으로 함대가 접근해 상륙전을 전개했다.

유혁연은 기상 상황이 좋지 않단 방오의 조언에 하루를 더 기다렸다가 마침내 마츠에와 오키노 양쪽을 동시에 급습했다.

예상대로 왜국 수군은 별거 없었다.

오키노는 세키부네 몇 척이 다였다.

그리고 마츠에는 아타케부네까지 동원하긴 했지만 역시 얼마 안 되는 숫자라 조선 함대를 보기 무섭게 도망치기 바빴다.

사실 왜국은 섬나라답지 않게 수군이 옛날부터 형편없었다.

왜구까지 거슬러 올라가면 상황이 다를 순 있지만, 도요토미 히데요시가 왜구를 금지한 뒤부터는 그것도 옛말이다.

그나마 조슈 번을 세운 모리 가문과 왜구를 끌어들여 규모를 키운 규슈의 수군이 약간 명성을 가지고 있는 정도다.

수군을 정리한 뒤에는 함대가 접근해 상륙 준비 포격을 하였다.

상륙 예상지를 지키는 적을 포격해 아군의 상륙을 돕는 작업이 상륙 준비 포격이다.

준비 포격이 끝난 뒤에는 상륙 부대가 본격적으로 상륙했다.

오키노와 마츠에 번 두 지역은 총용청이 맡기로 하였다.

그쪽에 일가견이 있는 조복양의 지휘하에 상륙 작전이 순조롭게 진행되어 불과 반나절 만에 오키노 항구를 장악했다.

물론, 섬 전체를 장악하진 못했다.

섬에 있던 마츠에 번 왜군과 섬 백성 일부가 고산 지대처럼 지형이 험한 지역에 들어가 저항을 이어 간 것이다.

하지만 조복양은 그냥 두었다.

어차피 항구만 장악하고 있으면 상관없기 때문이다.

오키노는 거점으로 쓰기 위해 점령하는 거니까.

다만, 마츠에 번의 거성인 마츠에성 함락엔 시일이 꽤 걸렸다.

이틀 동안 포격했음에도 별 소용이 없자 조복양이 지시했다.

"천둥포를 고각으로 쏴서 성 내부를 포격해라!"

"예, 장군!"

총용청 포부는 천둥포 포각을 고각으로 설정하고 나서 이번에 개발한 유탄을 마츠에성 안으로 쉴 새 없이 쏟아부었다.

그렇게 반나절 동안 포격했음에도 왜군은 항복하지 않았다.

조복양은 부하들에게 공성시킬 생각이 없었다.

공성은 얻는 거보다 손실이 더 크단 평소 지론에 의해서다.

"계속 버티겠다면 나도 어쩔 수 없지. 소탄을 쏴라!"

곧 총융청 포부는 유탄을 소탄으로 변경했다.

소탄도 일종의 유탄이지만 사용 목적은 달랐다.

유탄은 말 그대로 파편을 날려 인마를 살상케 하는 포탄이다.

반면, 소탄은 인마 살상용이 아니라, 건물을 태우는 용도다.

소탄 안에 기술 연구소가 작전 개시 얼마 전에 개발을 마친 인화성 물질이 들어 있어 명중하면 불길이 사방으로 번졌다.

왜국에 목조 건물이 많은 점을 고려한 포탄인 셈이다.

곧 마츠에성 여기저기서 불길이 치솟았다.

거기다 미리 마츠에성에 잠입해 안전한 장소에 숨어 있던 용호군과 팔장사가 포격으로 혼란한 틈을 노려 성문을 열어젖히는 바람에 왜군도 더는 버티지 못했다.

"진격!"

조복양의 명령에 총융청 1부와 2부, 3부가 성 내로 진격했다.

잠시 시가전이 벌어지긴 했지만, 곧 제압되어 상륙한 지 나흘째 되던 날 아침, 마침내 마츠에성이 총융청 손에 떨어졌다.

조복양은 부하들에게 엄히 명했다.

"마츠에성 민간인은 되도록 건드리지 마라. 이곳에 오래 머물러야 하는 만큼, 성에서 분란이 생기면 우리도 좋지 않다."

"예, 장군!"

그렇다고 총융청이 인도주의자는 아니었다.

마츠에성의 재물과 양식, 보물을 오키노로 보냈다.

조복양은 그사이 마츠에카이 관계자와 만났다.

마츠에카이에선 쿠보타, 시마하라가 나왔다.

장교 정복으로 갈아입은 조복양은 그들을 성 내부로 청했다.

쿠보타와 시마하라는 송골매를 든 총융청 병사들이 사방에 깔린 모습을 보고 겁을 먹었지만, 지금은 시키는 대로 할 수밖에 없어 조복양을 따라 마츠에성 천수각으로 들어갔다.

마츠에성 천수각은 깊숙한 곳에 있어 포격에 피해를 거의 받지 않았다.

원래 천수각 주인은 마츠에 번 번주였는데 총융청 병사들이 성 내로 쏟아져 들어올 때, 가족, 가신들과 동반 자결했다.

"이쪽으로 앉으시죠."

쿠보타와 시마하라에게 자리를 권한 조복양이 말했다.

"우린 마츠에 번을 영구 점령할 생각이 없습니다."

쿠보타가 시마하라의 얼굴을 한 번 보고 나서 물었다.

"그러면 곧 떠나신단 말입니까?"

"솔직히 말씀드리면 우리 목표는 마츠에가 아니라 서쪽에 있는 이와미 은광산입니다. 물론, 마츠에에 우리 사정을 잘 아는 분이 있어서 도움을 주면 그거보다 좋은 일은 없겠지요."

"그 말씀은?"

"마츠에 백성이 동요하지 않게 도와주면 왜국 정부와 협의해 두 분이 마츠에를 관리하게 해 드리겠단 뜻입니다."

시마하라가 깜짝 놀라 물었다.

"우, 우리가 마츠에의 다이묘가 된단 뜻입니까?"

"그렇습니다."

쿠보타는 시마하라와 귓속말을 나누고 나서 대답했다.

"최선을 다해 조선군을 돕겠습니다."

"허허, 잘 생각하셨습니다. 이렇게 든든한 두 분이 계신 덕에 마츠에카이는 앞으로 훨씬 더 번창하는 일만 남은 셈이군요."

마츠에카이가 적극적으로 나서 준 덕분에 마츠에 백성은 전쟁 전과 크게 다를 바 없는 분위기에서 일상생활을 이어 갔다.

한편, 조복양은 총융청 5부, 6부, 7부를 서쪽에 있는 이와미 은광산으로 보내 광산을 신속히 접수하란 명령을 내렸다.

은광산에 에도 막부 병력이 몇백 명 있긴 했지만 송골매와 비격뢰를 이용해 돌격해 오는 총융청 병력을 막기는 무리였다.

총융청은 상륙한 지 열흘이 지나기 전에 마츠에와 이와미 은광산을 완벽히 점령해 전략 목표 중 하나를 손쉽게 달성했다.

조복양은 이와미 은광산에서 일하던 광부를 달래 광산의 채굴량을 좀 더 높이는 한편, 병력을 동원해 항구를 건설했다.

조선군이 마츠에를 먼저 점령한 이유는 두 가지다.

하나는 마츠에성과 바로 붙어 있는 마츠에 항구를 안정적으로 관리해 상륙 본대의 거점인 오키노섬을 보호하는 거다.

다른 하나는 이와미 은광산에서 채굴한 막대한 은을 본국으로 실어 나르기 전에 창고 겸 중간 기착지로 쓰기 위함이다.

그래도 역시 가장 좋은 건 본국으로 바로 보내는 방식이다.

그래서 이와미에 직접 항구를 짓고 있는 거고.

2차 조왜 전쟁의 전공으로 군교에서 초관으로 두 계급 상승한 총융청 1부 2사의 김운청은 부하들을 지휘해 이와미 은광산 주변을 정찰하며 거동이 수상한 자가 있는지 조사했다.

그때, 부대 하나를 이끌던 군교가 달려와 보고했다.

"와서 보셔야 할 거 같습니다."

"뭔데?"

"정찰 중에 뭔가를 발견한 거 같습니다."

"앞장서라."

김운청이 군교를 따라가 보았다.

곧 눈앞에 인위적으로 만든 동굴이 나타났다.

동굴은 원래 철문과 자물쇠로 닫혀 있었는데 병사들이 진천탄으로 폭파해 철문 하나가 찌그러진 모습으로 열려 있었다.

김운청은 횃불을 들고 들어갔다.

안에 어마어마한 양의 은괴가 산처럼 쌓여 있었다.

"뭐야? 웬 은괴가 이렇게 많아?"

"동굴을 관리하던 놈을 몇 잡아 족쳐 보니까 도쿠가와 가문이 수십 년 동안 광산에서 빼돌린 은괴를 숨겨 둔 거라 합니다."

"도쿠가와 가문이라고? 에도 막부가 아니라?"

"분명히 도쿠가와 가문이라 했습니다."

김운청은 은괴를 집어 횃불에 비춰 보았다.

정말 은괴에 접시꽃 문양이 새겨져 있었다.

접시꽃은 도쿠가와 가문의 문장이다.

도쿠가와 가문이 왜 이 막대한 은괴를 막부 재정에 쓰지 않고 가문 개인적으로 관리했는지 김운청은 알고 싶지 않았다.

지금은 은괴가 조선군 손에 들어왔단 사실이 더 중요했으니까.

김운청은 바로 군교에게 지시했다.

"병력을 더 내주겠다. 누구도 동굴에 접근시키지 마라. 괜히 은괴에 욕심 부렸다가는 치도곤 맞는다는 거 명심하고."

"예, 초관님. 염려 마십시오."

김운청은 당장 상관에게 달려가 상황을 전했다.

동굴을 둘러본 상관도 크게 기뻐하며 조복양에게 보고했다.

조복양은 은괴를 즉시 오키노로 옮기란 지시를 내렸다.

이 정도 양의 은괴면 전쟁 비용을 충당할 수 있었다.

원정군의 운이 초반부터 아주 좋은 셈이다.

물론, 운이 끝까지 따라 줄진 더 지켜봐야겠지만.

전시에도 전쟁과 관련 없는 곳에서 문제가 생기기 마련이다.

난 그런 문제들을 해결하며 시간을 보내고 있었다.

물론, 눈에 넣어도 아프지 않은……, 실제로 눈에 넣으면 죽겠지만 아무튼 둘째 은이를 키우는 재미도 잊지 않고 즐겼다.

세자도 여동생을 끔찍이 예뻐했다.

가끔은 동생과 노는 데 정신이 팔려 수업까지 빼먹었다.

그 바람에 스승인 단이에게 몇 번 혼이 나기도 했고.

중전도 나름대로 바쁜 나날을 보내고 있었다.

하루의 반은 은이를 돌보는 데 보냈다.

그리고 나머지 반은 섬유 사업부를 직접 챙겼다.

형편이 어려운 여성을 돕는 데 관심이 많았기 때문이다.

의순공주와 향이도 열심히 일했다.

덕분에 섬유 사업부는 전국에 공장을 다섯 개나 세웠다.

현재 섬유 사업부 주력 상품은 육, 수군의 동, 하계 군복이다.

하지만 내년부터는 기성복을 만들어 팔 예정이었다.

섬유 사업부는 본격적으로 사업을 시작하기에 앞서 지금으로선 가장 큰 시장인 중국 강남에 샘플을 풀어 반응을 살폈다.

근데 싼 가격과 좋은 품질 덕에 반응이 좋았다.

신사업 전망이 밝은 편인 셈이다.

한편, 난 가끔 시간이 날 때면 경복궁을 찾았다.

내가 온단 소식을 듣고 만대가 버선발로 달려 나왔다.

만대는 요즘 경복궁 복원 공사를 지휘하고 있었다.

난 우리에게 큰 의미가 있는 광화문부터 천천히 둘러보았다.

2층 누각과 석축으로 이루어진 형태가 아주 웅장했다.

양옆엔 해태상을 세워 퀄리티가 법궁 정문으로 손색없었다.

만대가 광화문 홍예문 천장을 가리키며 설명했다.

"조선 최고의 화공을 동원해 그린 주작 그림이옵니다."

"오오오."

"그림 속의 주작이 당장이라도 날아오를 거 같지 않사옵니까?"

"주작이 날아오른다……."

"뭐가 마음에 안 드시옵니까?"

"아니다. 너희가 무슨 잘못이 있겠느냐. 다 용어를 이상하게 만들어 쓰는 놈들의 잘못이지. 아무튼 아주 잘 만들었구나. 그림을 그린 화공에게 상을 주어라."

"예, 전하."

이어 홍례문, 근정문을 차례로 지나 근정전에 이르렀다.

근정전이야말로 경복궁의 핵심인 곳이지.

근정전은 워낙 규모가 커 완공에 시간이 걸렸다.

지금도 목수와 석공 수십 명이 붙어 열심히 공사 중이었다.

"공사는 언제쯤 끝나겠는가?"

"황송하옵게도 내년에나 가야 끝날 것이옵니다."

"천천히 해라. 중요한 건 완성도니까."

"어떤 완성도를 말씀하시는 건지 소인이 알 수 있겠사옵니까?"

"과인은 경복궁이 마음에 들어 복원하려는 것이 아니다. 살기야 창덕궁이 훨씬 편하니까."

"무슨 말씀이시온지……."

"경복궁을 복원하면 왕실의 위엄을 높이 세울 수 있을 뿐만 아니라, 외국 사신이 조선을 방문했을 때 짜잔 하고 보여 주면 과인의 어깨가 좀 올라갈 여지가 있지 않겠느냐?"

"명심하겠사옵니다."

이어 공사 중인 강녕전, 교태전을 둘러보고 경회루를 찾았다.

경회루는 조선 궁궐 건축의 백미라 불린다.

그 때문일까? 그 역시 임진왜란이란 재앙을 피하지 못했다.

그 탓에 돌기둥만 남고 누각은 불타 사라졌다.

사실 경복궁에서 경회루가 제일 볼만하긴 하지.

역사적인 면에서도 의미가 큰 건축물이기도 하고.

그래서 만대에게 가장 먼저 경회루를 복원하라는 지시를 내렸는데.

만대는 그 지시를 충실히 이행했다.

노을이 진 연못 뒤로 경회루가 한 폭의 그림처럼 서 있었다.

"경회루에 청사초롱을 걸어 봐라."

"예, 전하."

땅거미가 막 내려앉으려는 시점.

청사초롱을 건 경회루는 인세에 보기 드문 선경을 연출했다.

경회루가 불빛을 받아 연못 수면에 반사되어 비쳤다.

진짜 경회루와 수면에 비친 경회루 그림자가 환상적인 데 칼코마니를 이루어 보는 이들을 환상 속으로 끌어당기는 듯했다.

"승전 축하 파티를 여기서 하면 되겠군. 물론, 전쟁에서 먼저 이겨야 가능할 테지만. 아, 이런 것도 설레발 축에 속하려나?"

만대가 조용히 아뢰었다.

"조선군은 반드시 승리할 것이옵니다."

"만 부장도 우리가 이길 거 같아?"

"소인이 무식하여 유식한 분들이 하는 글월에 대해선 아는 것이 많지 않으나 진인사대천명이란 말은 들어 보았사옵니다."

"……."

"전하께서는 정성을 다하셨사옵니다. 하여 하늘이 무심치 않다면 전하의 정성에 감동해 승리를 가져다줄 것이옵니다."

"정말 만 부장 말대로 되었으면 좋겠군."

"전하, 소인이 청을 하나 드려도 되겠사옵니까?"

"무슨 청?"

"조선군이 전쟁에서 이겨 당당히 개선할 때까지 매일 경회루에 청사초롱을 걸어 승리를 기원하는 것이 어떻겠사옵니까?"

"그거 좋은 생각이군. 대신 불 안 나게 조심하고."

"예, 전하."

난 만대 등 경복궁 복원에 참여하는 목수와 석공, 인부를 격려한 뒤에 창덕궁 희정당으로 돌아가 남은 일을 처리했다.

다음 날에는 경평도로를 건설하는 건설 사업부를 찾았다.

경평도로는 경인도로에 이어 두 번째 도로였다.

그리고 언젠가는 들어설 철로와 고속도로를 염두에 두고 처음부터 폭을 넉넉히 잡아 시공하는 첫 번째 도로기도 했다.

지금은 도성과 개성 구간이 완성을 앞두고 있었다.

건설 사업부 부장 왕자준이 달려와 인사했다.

"오셨사옵니까?"

"잘하고 있나?"

"지금까진 순조롭사옵니다."

"인력 부분은 어때?"

"군에 많이 입대해서 전보단 부족한 편이옵니다. 다만 농번기가 끝나면 일거리를 얻기 위해 건설 사업부를 찾는 농부가 많사옵니다. 걱정하실 일은 아니라고 생각하옵니다."

"오, 그래? 그거 잘됐네."

"어, 어찌 그러시옵니까?"

"과인이 곰곰이 생각해 보니까 말이야. 이런 식으로 찔끔 찔끔해선 내가 죽기 전에 안 끝날 거 같아."

"하, 하오면?"

"아예 의주까지 늘려서 경평을 경의도로로 만들어."

"알겠사옵니다."

왕자준이 안도하는 표정으로 얼른 대답했다.

하지만 이를 어쩌나. 내 말은 아직 안 끝났는데.

"그리고 도성과 부산을 잇는 경부, 도성과 경흥을 잇는 경흥, 도성과 여수를 잇는 경여도로까지 동시에 만들어 보라고."

"전, 전하……."

"왕 부장은 잘 모를 테지만 인간의 몸엔 혈관이 있어."

"혈, 혈관이면 핏줄을 말씀하시는 것이옵니까?"

"오, 잘 아네. 근데 그 혈관에 피가 끊임없이 흘러야 사람이 죽지 않고 산다는 것도 아나?"

"그건 처음 듣사옵니다."

"도로도 혈관이야. 국가가 망하지 않게 해 주는 혈관."

"하오나……."

"과인은 왕 부장이 애국자라 생각하는데 틀렸나?"

"소인도 애국자이옵니다……."

"이번 일을 잘해 주면 나중에 공덕비를 세워 줄게."

"성은이 망극하옵니다……."

넋이 나간 왕자준을 격려해 주고 나서 도성으로 돌아갔다.

그때도 이미 늦은 시간이었지만 아직 쉴 순 없었다.

난 희정당에 들어서면서 도승지 김수항에게 물었다.

"대신들은 아직 퇴청 전이오?"

"빈청에들 있을 것이옵니다."

"삼정승, 집현전, 형조 주요 관계자를 부르시오."

"예, 전하."

곧 삼정승과 허적, 윤선도 등이 급히 입실했다.

몇몇은 저게 또 무슨 짓을 벌이나 궁금한 표정이다.

나머진 왠지 갈려 나갈 것 같단 예감에 얼굴이 퍽 어두웠다.

난 모르는 척 운을 띄었다.

"과인이 눈치 없이 퇴청하려는 경들을 부른 이유는 이참에 법 제도를 정비하고 법을 다루는 관원도 양성해야겠다는 생각이 들어서요. 본격적으로 논의하기 전에 혹시 노파심에서 묻는 건데 과인이 늦은 시간에 불러 불만인 사람 있소?"

이경석이 재빨리 나섰다.

"국가의 중대사를 논하는데 어찌 녹을 먹는 조정 대신이 되어 감히 불만을 품겠사옵니까. 염려하지 않으셔도 되옵니다."

"좋소. 다들 한마음 한뜻으로 과인의 생각을 지지해 주니 참으로 기쁘기 짝이 없소. 자, 이제 본격적으로 시작해 봅시다."

송시열이 물었다.

"법 제도를 어떻게 바꾸시겠단 것이옵니까?"

"지금 법은 우리 현실에 맞지 않소."

"어떤 점에서 그리 생각하시는지 여쭈어도 되겠사옵니까?"

"우린 이미 신분제를 사실상 폐지했소. 한데 아직도 강상죄가 법전에 나와 있지 않소? 이게 우리 현실에 맞는 거 같소?"

송시열이 대답했다.

"일리가 있는 말씀이시옵니다."

"또, 형을 가하는 방식이 너무 비효율적이오. 뭐 예전에는 죄수를 먹이고 재우는 데 드는 비용이 너무 많아 그랬다고는 하지만, 이미 죄인 상당수를 노역형에 처하고 있지 않소?"

윤선도가 심각한 표정으로 물었다.

"하오면 전하께선 즉결 처분을 반대하신단 뜻이옵니까?"

"그렇소. 이제는 죄의 경중을 따져 노역형을 선고하면 그만이오. 예를 들자면 경범죄는 1, 2년, 중범죄는 10년 이상, 살인, 강간과 같은 강력 범죄는 무기형을 선고하는 거요."

조경이 물었다.

"유배나 사약과 같은 형벌은 어떻게 처리하실 생각이옵니까?"

"유배, 사약 둘 다 왕실과 조정 관원, 혹은 양반에게만 적용하던 처벌 방식인데 지금 우리 현실과 너무 동떨어져 있지 않소? 유배는 노역형으로 돌리고 사약은 다 없애시오."

김수항이 놀라 물었다.

"하오면 전하께선 사형 자체를 없애시겠단 뜻이옵니까?"

"대역죄를 비롯해 반드시 죽여야 할 정도의 중죄를 지은 자는 사형에 처할 거요. 다만, 이제부턴 처형 방식을 교수형을 바꾸시오. 사형수 가족이 장사 지낸다고 자기 아버지나 남편 목을 바느질하는 일이 그리 좋아 보이지는 않으니까."

"……"

"법 조항은 세밀하고 분명해야 하오. 법 조항이 두루뭉술하면 법관의 재량, 외부 압력 등에 의해 악용될 여지가 있소."

송시열이 갑자기 물었다.

"죄를 자백받기 위한 고신은 어떻게 하시겠사옵니까?"

"고신을 지금 당장 없애는 건 무리라 생각하오. 하지만 시간을 들여 수사 기법을 발전시킨다면 고신도 언젠가는 없앨 수 있을 거라 믿소. 무고한 피해자가 나오지 않도록 말이오."

난 그때부터 다음 날 아침까지 대신과 논의했다.

그리고 잠깐 눈을 붙였다가 아침 먹고 다시 논의했다.

그런 식으로 열흘쯤 했더니 얼추 대략적인 그림이 그려졌다.

난 손을 떼고 실무는 형조와 집현전에 맡겼다.

중간에서 조율하는 일은 의정부에 맡겼다.

프로젝트 하나를 끝내 났더니 몸은 편했다.

하지만 머릿속은 여전히 복잡했다.

왜국에서 어떻게 싸우고 있는지 알 방법이 없어 하루는 기분이 무척 좋았다가, 다음 날에는 기분이 갑자기 우울해졌다.

하, 이래서 왕이 전선에 나가 있는 장수들을 못 믿었던 거구나.

옛 역사서를 읽다 보면 소식이 오가는 데만 며칠이 걸리는 바람에 장수가 전선에서 미적거리면 저게 혹시 딴마음 먹은 건가 싶어 장수를 교체했다가 망했단 예가 많이 나온다.

그런 경우는 아니지만 답답하긴 나 또한 마찬가지다.

가끔 직접 왜국으로 건너가 볼까 싶을 만큼.

그러다가도 금방 고개를 저었다.

왕이 설쳐 대면 될 일도 안 된다.

결국, 방법은 하나밖에 없었다.

우리 장수와 병사들이 왜국에서 잘 싸워 주길 바라며 나는 망상할 시간조차 없도록 대궐에서 아주 바쁘게 지내는 거다.

다행히……, 이게 다행인지는 모르겠지만 어쨌든 나라엔 일이 끊임없이 생겼고 난 그 일들을 해결하며 소식을 기다렸다.

일단 첫 번째로 들어온 소식은 아주 좋았다.

삿초 동맹은 예상대로 깨졌다.

그뿐만이 아니다.

사쓰마 번과 조슈 번은 지금 죽일 듯이 싸우고 있었다.

용호군을 이용한 이간계가 제대로 먹힌 거다.

두 번째 소식도 날 흥분하게 만들었다.

혼슈 연안에 무사히 도착한 우리 원정군이 오키노섬과 마츠에 번, 그리고 이와미 은광산 세 곳을 성공적으로 접수했다.

더욱이 이와미 은광산에서 도쿠가와 가문이 꿍쳐 둔 대량의 은괴를 발견했단 대목에선 나도 모르게 환호성을 질렀다.

조선의 역습이란 말대로 정말 제대로 역습하고 있었다.

오키노에 함대 일부를 남긴 원정군은 노토반도로 나아갔다.

맞다. 막부군이 조선 침략의 위장 기지로 쓰던 바로 그 노토다.

원정군이 굳이 다른 곳이 아닌 노토반도를 택한 이유는 하나다.

수군이 강한 우리에겐 노토반도가 덩케르크다.

즉, 불리하다 싶으면 노토반도에서 나와 배에 타면 된다.

그러면 왜군이 아무리 날고 뛰어 봤자 소용없다.

말 그대로 닭 쫓던 개가 지붕 쳐다보는 꼴이니.

원정군은 노토를 쉽게 점령했다.

덕분에 막부군이 조선 침략을 위해 지은 거대한 항구와 수많은 건물, 그리고 수천 개의 인공 우물을 공짜로 사용할 수 있었다.

물론, 왜군이 처음부터 그냥 내준 것은 아니었다.

오키노와 마츠에에 조선군이 쳐들어왔단 소식을 들은 에도 막부와 근처 번에서 혹시 몰라 병력을 약간 배치하긴 했다.

하지만 급히 끌어모은 병력이 잘 싸울 리 없었다.

왜군은 전투를 시작하기 무섭게 전부 달아났다.

원정군은 바로 노토반도 남쪽에 시멘트로 방어선을 구축했다.

그렇게 하면 반도가 가진 특성을 이용할 수 있다.

반도는 보통 바다 쪽으로 사람 다리처럼 튀어나와 있다.

그래서 다리와 몸통이 만나는 부분만 제대로 방어하면 전선이 좁아서 소규모 병력으로도 반도 전역을 방어할 수 있다.

이후 원정군은 크고 작은 두 개의 부대로 나뉘었다.

우선 작은 쪽은 동쪽에 있는 사도섬으로 나아갔다.

왜국이 가진 최대 금광이며 막부군이 조선을 침략하는 데 들어간 전쟁 비용을 마련한 데여서 초기에 점령할 필요가 있다.

에도 막부의 돈줄 하날 끊는단 의미가 있으니까.

큰 쪽은 이번 작전의 목표인 에도로 향했다.

물론, 수군은 노토에 남아 대기하고 육군만 움직였다.

선봉을 맡은 장용청 대장 윤준은 고개를 절레 저었다.

"산세가 지랄맞기는 여기도 마찬가지구만."

왜국도 국토 대부분이 산이라 기동이 쉽지 않았다.

그래도 기동전이 특기인 부대답게 상경을 시작하고 빠르게 남하해 사흘째 날 아침, 왜군다운 왜군과 처음 접촉했다.

윤준은 동행한 용호군 요원에게 물었다.

"어느 부대인지 알겠나?"

"깃발을 보면 가가 번과 도야마 번의 연합 부대 같습니다."

"병력이 꽤 많아 보이는군."

"도야마 번은 별거 없지만, 가가 번은 백만 석이 훌쩍 넘습니다."

"왜국에서 목에 힘 좀 주는 놈이라 이거군."

"그렇지요."

윤준은 대치한 상태로 반나절을 기다려 보았다.

하지만 가가 번과 도야마 번 연합 부대도 당장 나서서 장용청과 싸울 생각은 없는 듯 길목만 차단하고 움직이지 않았다.

윤준은 그날 저녁, 참모를 모아 상의했다.

"초반부터 열 낼 필요 없을 듯한데 어떻게 생각하나?"

"맞습니다. 에도 막부가 흔들리는 만큼, 각 번도 생각이 많을 겁니다. 일단, 항복을 먼저 권유해 보시지요."

참모장이 즉각 대답하자 작전 참모가 첨언했다.

"번주와 가신단은 에도 막부를 향한 충성심이 아직 있을지 모르지만, 두 번의 백성들도 같은 생각인진 알 수 없습니다."

"그래서?"

"용호군 추룡군을 이용해 에도로 가는 길을 열어만 주면 가가 번과 도야마 번을 건드리지 않을 거란 소문을 내게 하시지요."

"괜찮은 생각 같군. 바로 시행하게."

장용청이 올린 협조 요청을 본 강대산이 안교안에게 물었다.

"어떻게 생각해?"

"가능성이 있어 보입니다."

"그래?"

"가가 번을 세운 마에다 토시이에는 원래 도요토미 히데요시의 심복이었죠. 도요토미 아들도 끝까지 지키려 했었고요."

"결국엔 도요토미 아들을 못 지켰잖아?"

"그건 마에다 토시이에가 일찍 죽어서 그렇습니다."

"마에다 토시이에 아들 쪽에서 말을 갈아탄 건가?"

"뭐 대충 보면 그렇긴 하죠."

"세월이 꽤 흐르긴 했지만, 가가 번이 도쿠가와 가신은 아니었기에 적당히 협상하면 길을 비켜 줄 수도 있다는 말이로군."

"그렇습니다. 더구나 가가 번은 130만 석이 넘습니다."

"흠."

"왜국이 전국 시대로 돌아간다면 천하 통일을 꿈꿔 볼 만한 후보 중 하나란 뜻입니다. 물론, 그 전에 에도 막부, 그러니까 도쿠가와 가문이 완전히 망해야 한단 조건이 있긴 하지만요."

그때, 갑자기 벌떡 일어난 강대산이 용호군 안가 내부를 초조하게 오가며 생각하다가 다시 자기 의자에 털썩 앉았다.

"전하께서 제시한 세 번째 전략 목표가 뭐였지?"

"왜국에 새 정부를 세워 그들과 통교하는 겁니다."

"바로 그걸세!"

"뭐가 말입니까?"

"에도 막부를 박살 내고 나서 새 정부를 구성하는 것보단 새 정부를 만든 뒤에 그들의 도움을 받는 편이 더 낫지 않겠나?"

안교안이 감탄한 표정으로 말했다.

"순서를 바꾸자는 거군요."

"그렇지!"

"그리고 그 후보는 가가 번이고요."

"역시 안 군장은 내 속을 들여다본 거처럼 얘기하는군!"

"좋은 생각입니다. 하지만 원정군 사령부의 허락이 필요합니다."

"그야 당연하지. 우리 독단으로 일을 추진하다가 어디선가 꼬이기라도 하면 우리 두 명이 죽는 정도론 안 끝날 테니까."

"그러면 바로 이번 계획을 원정군 사령부에 상신하겠습니다."

얼마 후, 원정군 사령부는 시도해도 좋다는 답변을 보내왔다.

이에 강대산과 안교안은 가가 번의 거성인 가나자와성에 잠입한 추룡군 요원을 통해서 가가 번 번주에게 만남을 요청했다.

물론, 비밀리에.

가가 번 번주 마에다 쓰나노리는 강대산과 안교안 중 한 명이 가나자와성으로 직접 들어와야지만 만나 주겠단 답장을 보내왔다.

이에 어떻게 할지 강대산이 고민할 때.

안교안이 대뜸 나섰다.

"제가 들어가죠."

"안 돼. 놈들이 무슨 짓을 할지 알고 거길 들어가?"

"절 어떻게 할 정도로 멍청하진 않을 겁니다."

"가가 번 번주인 마에다 쓰나노리는 고작 20대 중반이라며? 젊은 놈이 충동적으로 나오면 살아서 돌아오기 힘들 거야."

"그건 젊은이들에 대한 편견입니다."

"그래?"

"젊다고 해서 다 다혈질에 충동적이진 않죠. 뭐 그럴 가능성이 전혀 없다곤 못하겠습니다만."

"흐음. 그런데도 들어가겠다고?"

"마에다는 족보가 있는 가문입니다."

"그래서?"

"번주가 충동적으로 나와도 가신단이 나서서 말려 줄 겁니다."

"그렇다면 허락하지. 하지만 착호군을 몇 명 데려가게."

"그리하죠."

그날 늦은 밤, 왜국 상인으로 위장한 안교안은 호위를 맡은 착호군과 가나자와성으로 들어가 마에다 쓰나노리를 만났다.

마에다 쓰나노리는 20대 중반으로 꽤 당차 보이는 젊은이였다.

그리고 옆에는 칼을 찬 노인이 몇 명 같이 있었는데, 쓰나노리가 의지하는 가신들인지 자기가 직접 소개까지 해 주었다.

안교안은 그들을 한 명, 한 명 유심히 살펴보며 말했다.

"명망 높은 마에다 가문의 가신들이라 그런지 다들 훌륭한 인재처럼 보입니다. 마에다 번주가 복이 많은 거 같습니다."

쓰나노리는 자기 가신을 칭찬해 줘서인지 기분 좋게 웃었다.

"다 훌륭한 가신들을 남겨 주신 조상님 덕분이지요."

그 말에 가신들이 일어나 그들의 젊은 주군에게 예를 표했다.

안교안은 몇 마디 덕담을 더 건넨 뒤에 물었다.

"우리가 가가 번에 한 제안에 관심이 있습니까?"

"가가 막부를 세울 수 있게 조선이 도와주겠단 제안 말입니까?"

"맞습니다."

"우선 그쪽의 설명을 먼저 듣고 싶군요."

"어떤 설명을 듣고 싶습니까?"

"조선군은 에도 막부를 확실히 이길 자신이 있습니까?"

"자신이 없었으면 대군을 이끌고 넘어오지도 않았을 겁니다."

"우리도 막부군이 저번 전쟁에서 조선군을 상대로 막대한 손해를 보았단 말을 듣긴 했습니다. 하지만 이곳은 조선이 아니라, 일본이지 않습니까? 분명 막부군도 이대로 순순히 물러나지는 않을 텐데 조선군에 그런 저력이 있습니까?"

"이제 병사의 숫자로 전쟁하는 시대는 지났습니다."

"그게 무슨 뜻입니까?"

"병사의 숫자보단 병사의 훈련 상태와 무기의 질이 전쟁의 승패를 결정짓는 시대가 왔단 뜻입니다. 올 때 조선군이 개발한 신무기를 하나 가져왔습니다. 그걸 보고 판단하시죠."

안교안은 착호군에게 지시했다.

"저들에게 송골매 장전하는 모습을 보여 주게."

"예, 군장님."

착호군은 앞으로 나와 송골매를 장전했다.

노리쇠를 당겨 고정하고 금속 탄환을 약실에 넣었다.

이어 노리쇠를 밀어 약실을 닫고 근처 횃불을 조준했다.

"어떻게 할까요?"

착호군의 물음에 안교안은 쓰나노리를 힐끗 보고 지시했다.

"쏘게."

"예."

착호군은 바로 방아쇠를 당겼다.

탕!

실내를 윙윙 울리는 총성이 울리는 순간.

횃불을 받쳐 둔 대가 총알에 맞아 뒤로 넘어갔다.

갑작스러운 총성에 난리가 났다.

무장을 완벽히 갖춘 왜군 수십 명이 펄쩍 놀라 뛰어 들어왔다.

가가 번 가신들도 왜도를 뽑아 들고 주군을 에워쌌다.

쓰나노리가 약간 신경질적인 반응을 보이며 소리쳤다.

"이게 뭐 하는 짓입니까?"

"좀 무례하기는 했습니다. 인정하죠. 하지만 송골매가 가진 위력을 선보이는 데 이보다 좋은 방법을 찾기가 힘들어서요."

손짓으로 부하들을 물린 쓰나노리가 물었다.

"그 총의 위력이 어떻다는 겁니까?"

"아, 제대로 못 보신 모양이군요. 그러면 다시 한번 보여 드리죠."

이번엔 쓰나노리도, 가신들도 송골매를 유심히 주시했다.

안교안의 눈짓에 착호군은 약실을 열어 빈 탄피를 버리고 새 금속 탄환을 장전한 뒤에 앞에 있는 나무 기둥에 쏘았다.

총알에 맞은 기둥에서 나뭇조각이 튀며 구멍이 뚫렸다.

이번에는 미리 대비하고 있었기에 전처럼 당황하진 않았다.

하지만 쓰나노리는 좀 전보다 더욱 경악하며 눈을 부릅뜨고 있었다.

"그 총은 재장전이 그렇게 간단히 이뤄진단 말입니까?"

"그렇습니다. 이 총엔 재장전 속도 외에도 여러 가지 장점이 있지만 지금은 이 정도만 보여 드리죠. 어떻습니까? 아직도 우리 조선군이 에도 막부군을 이기지 못할 거 같습니까?"

쓰나노리는 가신들과 한참을 상의하고 나서 물었다.

"그 총을 우리한테 팔 수 있습니까?"

"선물로 한 정 드리고 가죠. 다만, 판매 여부는 윗분들과 상의하고 난 뒤에 알려 드리겠습니다. 제 권한 밖의 일이어서요."

"이해합니다."

다시 쓰나노리는 가신들과 한참을 상의한 뒤에 물었다.

"조선군은 우리 가가 번이 정확히 어떻게 해 주길 바라는 겁니까?"

"지금은 에도로 가는 길을 열어 주기만 하면 됩니다."

"그것뿐입니까?"

"이건 여기 있는 가가 번 가신들도 같은 생각일 테지만 제가 주제넘게 몇 가지 조언하자면, 가가 막부가 들어서기 위해선 뜻을 같이 하는 번이 많을수록 좋습니다. 그리고 천황 쪽에도 줄을 댈 수 있으면 미리 대 놓는 것이 좋을 겁니다."

쓰나노리는 다시 가신들과 상의한 연후에 신중하게 대답했다.

"그 문젠 우리가 알아서 하겠습니다."

"좋습니다."

"우리 가가 번을 공짜로 도와주려는 건 아닐 테지요?"

"솔직하게 나와 주시니까 저도 솔직하게 말씀드리죠. 우린 저번 전쟁에서 입은 피해를 금전적으로 보상받길 원합니다."

쓰나노리가 깜짝 놀라 급히 물었다.

"우리가 막부를 세우면 그쪽에 배상해야 하는 겁니까?"

"아닙니다."

"그럼?"

"도쿠가와, 모리, 시마즈 이 세 가문의 재산을 우리가 전부 갖겠습니다. 그리고 사도, 이와미, 벳시 이 세 지역에 있는 광산과 항구를 우리 조선이 300년 동안 조차하겠습니다."

"그런 조건은 받아들일 수 없습니다!"

"이유를 물어봐도 되겠습니까?"

"세 가문의 재산은 모르겠지만 그 세 광산과 항구를 내어주는 순간, 우리 가가 번은 일본 백성의 민심을 잃을 겁니다."

"그런 문제는 생각보다 해결책이 간단한 편입니다."

"어떻게 해결하겠단 겁니까?"

"2차 조왜 전쟁을 일으킨 자들에게 책임을 전부 떠넘기십시오. 그리고 가가 번은 나라가 조선군에 넘어갈 절체절명의 위기에서 외교력을 발휘해 일본을 구한 번으로 남는 겁니다."

"흐음."

"전선에서 철군하기 좋은 핑계도 알려 드릴까요?"

쓰나노리가 손을 저었다.

"그건 우리가 알아서 하겠습니다."

쓰나노리는 안교안에게 조선군이 정말 에도 막부를 상대로 승기를 잡는 모습을 보여 주면 제안에 응하겠다고 하였다.

일종의 가계약인 셈이다.

만족한 안교안은 송골매 한 정과 금속 탄환 열 발을 선물로 쓰나노리에게 주고 새벽이 오기 전에 가나자와성을 떠났다.

이제 공은 가가 번 쪽으로 넘어간 셈이다.

182장. 쓴맛을 보여 줄 수밖에.

이젠 가가 번 가신단의 실력을 알아볼 차례였다.

철군을 잡음 없이 해낸다면 실력이 뛰어난 거다.

반대로 연합 부대를 형성한 도야마 번의 의심을 사면서 가나자와성으로 철군한다면 손잡기로 한 결정을 재고해야 한다.

실력이 뛰어난 동맹은 언제나 위협적이다.

역으로 먹혀 버릴 위험이 있어서다.

실력이 변변치 않은 동맹도 위험하기는 마찬가지다.

우리의 발목을 붙잡고 늘어질 수 있어서다.

그리고 지금은 실력이 뛰어난 편이 더 좋았다.

지금 조선군은 가가 번 따위에 먹힐 정도로 약하지 않으니까.

아니, 오히려 걱정은 가가 번이 해야 할 거다.

조선군은 마음만 먹으면 가가 번을 내치고 다른 상댈 구할 수 있지만, 가가 번이 이번 기회를 놓치면 막부를 세우겠단 꿈은 도요토미 히데요시가 한 유언처럼 꿈속의 꿈일 뿐이다.

정탐 나간 용호군 요원이 돌아와 강대산, 안교안에게 보고했다.

"가나자와성에서 불길이 치솟았습니다."

"역시 그렇군."

미소 짓는 안교안을 보며 강대산이 고개를 갸웃거렸다.

"뭐가 그렇단 건가?"

"조선군이 가나자와성에 쳐들어오는 바람에 전선에서 철수해 적부터 막겠다고 발표하면 누가 가가 번을 의심하겠습니까?"

"아, 그렇구만. 조선군이 쳐들어왔단 증거를 막부에 보여 줄 필요가 있으니까 자기 손으로 가나자와성에 불을 지른 거였어."

"그렇지요."

"꽤 능숙한 방법이구만. 가나자와성 건물 몇 채 불태우는 걸로 조선군을 두고 도망쳤다는 불명예를 피하는 거 아닌가?"

"우리가 가가 번과 손잡을 만한 근거도 생긴 셈이고요."

"좋아. 당장 사령부에 가가 번 일을 보고하고 허락받아 놓자고."

"알겠습니다."

용호군이 가가 번과 손잡을 준비를 하는 동안.

장용청은 썰물처럼 빠져나가는 가가 번 병력을 보고 있었다.

윤준이 참모장에게 물었다.

"도야마 놈들은 어떤가?"

"간을 보는 거 같습니다."

"흥, 가가 번이 빠지면 제깟 놈들이 별수 있겠어?"

윤준의 말대로 가가 번이 빠지는 바람에 당황한 도야마 번은 자기네도 거성을 지킨다는 핑계를 대고 서둘러 돌아갔다.

피 한 방울 흘리지 않고 가가 번이란 1차 난관을 손쉽게 돌파한 장용청은 소모한 시간을 만회하기 위해 좀 더 서둘렀다.

원정군에게 불행은 노토반도 남쪽을 왜국에서 가장 높은 산악 지대가 가로막고 있어 직선으로 남하하기 힘들단 점이다.

하여 며칠을 동진한 끝에 조에쓰에 이르렀다.

그리고 거기서 마침내 남쪽으로 방향을 틀었다.

조에쓰가 산맥이 끝나는 지점에 딱 위치해 그곳을 우회하면 지금까지 낭비한 시간을 상당 부분 만회할 기회가 있었다.

조에쓰로 동진하는 동안, 소규모 번을 몇 개 지났다.

하지만 큰 문제는 없었다.

다들 거성에 틀어박혀 나올 생각을 하지 않아서다.

왕조 국가와 봉건 국가의 차이점이다.

왕조 국가라면 중앙 정부의 영향력이 강하든, 약하든 상관없이 적을 그냥 보내 준단 사실 자체가 역모 행위에 해당한다.

반면 봉건 국가는 그렇지 않다.

왜국의 번은 일종의 자치 정부에 가깝다.

물론, 막부가 군사력으로 협박하면 상경해서 노역도 하고 세금도 내고 병사도 보내야 하지만 기본 개념은 자치 정부다.

그런 상황에서 용호군이 조선군 목표가 에도 막부란 소문을 퍼트리는 선무 공작을 전개한 덕에 발목을 잡는 번이 없었다.

막부를 위해 조선군의 분노를 대신 받아 줄 생각이 없는 거다.

하지만 나가노에 이르렀을 땐 상황이 달라졌다.

나가노부터 에도까지는 신판 다이묘, 후다이 다이묘, 하타모토, 고케닌 영지만 있어 전투 없이 돌파하기 쉽지 않았다.

윤준은 고지대서 망원경으로 앞을 막은 왜군 진영을 관찰했다.

깃발 수백 개가 만장처럼 바람에 펄럭이고 있었다.

근데 깃발 중 같은 소속으로 보이는 깃발은 몇 개 되지 않았다.

즉, 잡다한 세력이 연합해 장용청 앞을 막아선 거다.

윤준은 용호군 요원을 불러 물었다.

"저건 이 근방 영지의 번주들이 연합한 부대인가?"

"그게 설명하기가 좀 복잡합니다."

"이해는 내가 알아서 할 테니 자넨 설명이나 하게."

"알겠습니다."

목을 가다듬은 용호군 요원이 설명했다.

"도쿠가와 가문은 다른 번의 반란을 막기 위해 에도 주변에 있는 방대한 영지를 도쿠가와 가문의 분파, 가신, 사무라이들에게 나눠 주었습니다."

"도쿠가와 가문의 방계 세력 같은 건가?"

"비슷합니다."

"내가 이해한 것이 맞는지 들어 보게."

"예, 장군."

"이를테면 우리가 지나온 가가 번 같은 곳이 반란을 일으켰다고 쳤을 때, 지금 우리 앞을 막아선 도쿠가와 가문의 방계 세력을 뚫지 못하면 에도까지 진격하지도 못한다는 거군."

"그렇습니다."

"저런 놈들이 왜국에는 얼마나 있나?"

"용호군이 조사한 바에 따르면 저런 도쿠가와 방계 세력의 고쿠다카를 전부 합쳤을 경우 무려 1,200만 석이 넘습니다."

"휴우, 엄청나군."

"거기다 에도 막부 직할령이 400만 석 정도 됩니다."

"합쳐서 1,600만이라……."

"어마어마한 숫자지요."

"반대로 도쿠가와와 관계없는 번들의 고쿠다카를 전부 합치면?"

"그런 번들을 도자마 다이묘라 하는데 1,000만 석 안팎입니다."

"1,600만 대 1,000만이라. 애초에 상대가 안 되게 판을 짜놨군."

"그렇습니다."

"방계 세력이라면 항복할 가능성이 희박하겠군?"

"맞습니다."

"그렇다면 하는 수 없지. 쓴맛을 보여 줄 수밖에."

윤준은 고지대에서 전선을 확인하며 직접 지시했다.

"선공한다. 천마를 앞세우고 보병은 그 뒤에 엄폐하며 진격하라!"

"예, 장군!"

곧 왜군이 만든 화포 전차를 우리 식으로 개량해 천마라는 제식명을 붙인 전차 30대가 대열 맨 앞에 모습을 드러냈다.

천마는 차체와 바퀴 모두 강철로 만들어졌다.

그리고 말이나 가축이 끌 수 없기에 병사들이 천마에 들어가서 끌어야 했는데 무게가 꽤 나가 20명이 넘게 필요했다.

물론, 그만큼 방호력은 좋았다.

또, 양옆으로는 진짜 천마처럼 강철로 된 날개가 달려 있었다.

같이 전진하는 보병의 엄폐 용도였다.

2차 조왜 전쟁은 딱히 공세용 장비가 필요 없었다.

막기만 해도 이기는 전쟁이니까.

하지만 이번 조선의 역습은 달랐다.

반대로 우리가 쳐들어가야 하는 전쟁이다.

그래서 천마를 수송선에 실어 왜국까지 가져왔다.

천마에 탑재한 주포는 천둥 1형이었다.

포탄은 유탄과 철환, 조란환을 전황에 맞게 사용했다.

잠시 후, 왜군도 화포 전차를 앞세워 진격했다.

화포 전차를 개발한 데가 왜국이니까 자연스러운 현상이다.

다만, 화포가 소구경이라 전차가 천마보다 훨씬 작았다.

우린 1년 동안 이번 작전을 준비했지만, 저들은 1년 동안 이전투구에 바빠 훌륭한 기술을 더 발전시키지 못한 탓이다.

장용청은 천둥 사거리에 왜군이 들어오기 무섭게 정지했다.

이어 포병이 전차에 들어가 철환을 장전했다.

이런 평지에서는 철환이 더 위력적일 때도 있다.

장전을 마쳤단 신호기가 곳곳에서 올라왔다.

윤준은 머뭇거리지 않고 바로 발사를 명했다.

펑펑펑펑펑!

철환이 왜군 진형을 물수제비처럼 가르며 쏟아져 갔다.

지금은 거의 직사포인 셈이다.

철환을 정면에서 맞은 왜군은 형태를 알아볼 수조차 없었다.

아연한 광경에 놀란 왜군이 멈칫하며 속도가 느려졌다.

그때, 말을 탄 사무라이 수백 명이 왜군 진형 안으로 들어가 전진을 멈춘 왜군을 발로 차거나 수중의 왜도로 위협했다.

그 서슬 시퍼런 위협에 놀란 왜군이 속도를 높였다.

그 모습을 망원경으로 지켜보던 윤준은 즉시 지시를 내렸다.

"조란환으로 포탄을 바꿔라!"

"예!"

"보병에겐 탄환을 아끼라고 전해라."

"알겠습니다!"

왜군도 사정거리에 장용청이 들어오는 순간.

주저 없이 장전해 둔 유탄으로 포격을 가했다.

장용청 진형 곳곳으로 날아든 유탄이 굉음을 내며 폭발했다.

하지만 천마에 숨은 장용청 병사들에게 큰 피해를 주진 못했다.

천마의 방호력이 튼튼한 덕분이다.

장용청도 반격에 나섰다.

조란환 장전을 마친 천마를 다시 전진시켰다.

왜군도 같이 거리를 좁히며 조총으로 사격을 가했다.

하지만 조총 탄환으론 천마를 뚫지 못했다.

애초에 유탄 파편도 뚫지 못하는데 탄환이 뚫을 리 만무했다.

양측이 주거니 받거니 하며 서로 진격하는 동안.

거리는 이제 4, 50미터까지 줄었다.

망원경으로 지켜보던 윤준이 신호수에게 소리쳤다.

"조란환을 쏴라!"

그 즉시, 신호수들이 포격을 뜻하는 신호 깃발을 치켜들었다.

물론, 현장에도 별장 계급을 가진 고급 지휘관이 있었다.

하지만 전장이 문제였다.

일단, 시야가 제한되는 평지였다.

그리고 천마까지 시야를 가려 정확한 전황을 알기 어려웠다.

그 바람에 고지대에서 관측하는 윤준이 대신 병력을 지휘했다.

지시받은 포병은 장전한 조란환을 일제 발사했다.

콰콰콰콰쾅!

새알 같은 납탄 수천, 아니 수만 개가 전방을 폭풍처럼 쓸었다.

엄청난 손실을 본 왜군은 결국, 그들이 잘하는 전술로 나왔다.

바로 백병 돌격이다.

사람 키보다 긴 장창을 쥔 창병이 선두에 서서 거리를 좁혔다.

윤준은 고개를 저었다.

"보병에게 지금까지 아낀 탄환을 쏟아부으라고 해라!"

"알겠습니다!"

잠시 후, 천마에 숨어 있던 장용청 병사들이 송골매로 사격했다.

진형을 갖춰 진격하던 왜군 창병이 짚단 쓰러지듯 무너졌다.

이번에도 엄청나게 죽어 나갔다.

시체가 쌓인 곳은 작은 언덕처럼 변할 정도였다.

그때, 측면을 관측하던 참모 하나가 소리쳤다.

"오른쪽 능선에 적 기병 5,000기가 나타났습니다!"

"6부, 7부에 대기병 전술을 펼치라고 해라!"

"예!"

잠시 후, 예비 병력이던 6부, 7부 병사들이 장용청 본대의 측면 방어에 나서며 날카로운 가시가 달린 철조망을 설치했다.

이를 무시하고 달려들던 왜군은 철조망에 얽혀 곤욕을 치렀다.

철조망의 특성상, 빠져나가려고 몸부림치면 칠수록 더 엉키기 때문에 설명하기 힘든 목불인견의 참상이 펼쳐졌다.

그때, 누구도 의도치 않은 일이 벌어졌다.

왜군 기병이 한쪽에 몰리다 보니 인마의 시신으로 쌓은 교량이 자연스럽게 생겨나며 돌파구가 마련된 거다.

그러나 6부, 7부 병사도 그냥 지켜만 보진 않았다.

송골매로 집중 사격과 교차 사격을 가했다.

왜군 기병은 빗발치는 총알에 벌집이 되었다.

30분 넘게 철조망에 막혀 고전하던 왜군 기병은 수천이 넘는 왜군과 그보다 많은 군마의 사체를 남겨 두고 급히 퇴각했다.

왜군은 기병 돌격을 비장의 한 수로 여긴 듯했다.

하지만 그 한 수가 끝내 실패로 돌아가는 순간.

왜군 본대도 놀라 급히 퇴각에 들어갔다.

물론, 장용청 본대는 달아나는 왜군을 그냥 둘 생각이 없었다.

쫓아가며 포격과 사격을 가했다.

다시 수천 명이 넘는 왜군이 평원에서 생을 마감했다.

그렇게 얼마쯤 쫓아갔을 때.

왜군이 세운 목조 방책이 장용청을 막아섰다.

대기병용 말뚝과 목재로 세운 벽이 길목 전체를 막고 있었다.

공격에선 패했으니 방어로 승부를 보겠단 의도다.

윤준은 고개를 끄덕였다.

"유탄으로 날려 버리라고 해."

윤준의 지시는 바로 전장에 전해졌다.

포병은 서둘러 천둥포에 유탄을 장전했다.

하지만 왜군이 쓰던 유탄은 아니었다.

왜군이 가진 유탄 기술에 폭발력을 좀 더 키운 신형 유탄이다.

평평평평평!

유탄이 날아가 방책에 떨어졌다.

그렇다고 유탄 한 발에 목조 방책이 박살 나진 않았다.

그 정도의 포탄을 만들기 위해선 훨씬 커져야 한다.

그래야 지금보다 훨씬 많은 작약을 넣을 수 있다.

또, 흑색 화약의 성능도 몇 배 끌어 올려야 했다.

그렇게 해야지만 진정한 의미의 고폭탄이 만들어진다.

하지만 한 방으로 어렵다면 더 많이 쏘면 된다.

결국, 방책이 유탄 포격에 뚫려 나갔다.

장용청 포부는 유탄을 이젠 왜군 머리 위로 직접 발사했
다.

거기다 소탄도 섞어 가며 쏘았다.

왜군 진영은 유탄과 소탄에 의해 끔찍한 불지옥으로 변했
다.

전장의 왕이 포병이란 말이 실감 나는 순간이다.

윤준은 마지막으로 보병에게 돌격을 명했다.

그동안, 천마 안과 뒤에 숨어 있느라 좀 쑤셔 하던 각 부의
보병 수천 명이 일제히 불타는 왜군 진영 안으로 돌격했다.

그들은 막사 밖에서 저항하는 왜군은 송골매로 쏘아 제압
했다.

그리고 막사 안에서 저항하는 왜군에겐 비격뢰를 안겨 주
었다.

평평평평평!

비격뢰가 폭발할 때마다 왜군이 비명을 지르며 뛰쳐나왔
다.

보병들은 그런 왜군을 보는 족족, 일제사를 가해 쓰러트렸
다.

기세 좋게 나가노를 틀어막은 왜군은 한나절 만에 대패했
다.

그리고 패주한 왜군은 난군이 되어 사방으로 흩어졌다.

거칠 것이 없어진 장용청은 다시 에도로 쾌속 진격했다.

조선군의 전투 방식은 왜국에 충격을 선사했다.

아니, 엄밀히 말하면 조선군 무기가 충격을 줬단 표현이 맞다.

왜군 것보다 단단한 차체에 대구경 화포를 탑재한 강철 전차.

연사 속도와 정확도에서 차원을 달리하는 개인 화기.

거기에 유탄, 소탄, 철환, 조란환처럼 상황에 맞게 쓸 수 있는 다양한 포탄 종류와 기병의 천적인 철조망의 등장까지.

그야말로 왜국 사람들이 보기에는 무기 혁명 그 자체였다.

조선군 신무기에 대한 소문은 두 가지 결과를 낳았다.

하나는 떡고물 떨어지는 거 없나 살피며 기웃거리던 도호쿠 방면 번들이 에도 근처에서 완전히 자취를 감추게 만든 거다.

다른 하나는 에도 막부의 격렬한 반응이었다.

야전으론 승산이 없다고 판단한 에도 막부는 병력을 전부 이끌고 에도성 안으로 처박혀 거기서 결사 항전을 준비했다.

그 소식을 접한 윤준은 쾌재를 부르며 소리쳤다.

"작전대로 놈들을 에도에 전부 집어넣었다! 놈들이 다시 기어 나오지 못하게 지금부터 전력으로 남하해 에도를 포위한다!"

참모장이 급히 물었다.

"에도까지 급속 행군을 하시겠단 겁니까?"

"그래야겠지."

"천마와 보급 부대는 어떻게 운용할 계획이십니까?"

"뒤따라오는 금위청에 맡기게."

"장병의 개인 소지품도 조절이 필요합니다."

"닷새 치 식수와 전투 식량, 송골매 한 정, 탄환 100발, 비격뢰 다섯 개로 제한한다. 참모부는 서둘러 행군 준비를 끝내라."

"예, 장군."

장용청은 훈련도감 5청 중에서 행군이 가장 많기로 유명하다.

뭐 정작 장용청 병사들은 그리 달가워하지 않는 유명세지만 훈련이 헛되지는 않아 성난 바람처럼 에도성으로 진격했다.

장용청이 예상보다 빨리 나타난 탓에 방어 준비에 차질을 빚은 에도 막부는 중요한 전초마저 제대로 설치하지 못했다.

이에 장용청은 적당한 곳에 참호를 파고 들어앉아 송골매를 갈겼다.

에도성 성벽을 순찰하던 왜군이 몇 죽는 피해가 다였지만 정신적인 충격은 엄청나서 에도성 백성들은 공포에 떨었다.

그리고 그게 정확히 윤준이 노린 바였다.

에도 막부 수뇌부도 영향을 받아 내분이 벌어진 것이다.

사실 내분 자체는 전에도 한 차례 있었다.

처음엔 방계인 오와리 영주가 본가를 상대로 일으킨 반란이었는데, 막부로선 아주 다행히도 어렵지 않게 진압했다.

하지만 그때와 지금은 상황이 많이 달랐다.

쇼군 도쿠가와 이에쓰나가 조선에서 죽은 탓이었다.

더 정확히 말하면 이에쓰나가 후손을 보지 못한 채 죽어서다.

이에쓰나는 황족을 정실로 맞았으나 아이가 없었다.

이에 측실을 두었지만, 그녀 역시 아이를 낳지 못했다.

그리고 이는 도쿠가와의 피가 한 방울이라도 섞여 있으면 에도 막부의 5대 쇼군이 될 자격을 갖고 있다는 것과 다름없는 말.

곧 다음 쇼군을 차지하기 위한 치열한 승계 전쟁이 벌어졌다.

방계, 가신단 가릴 거 없이 이합집산이 계속되었다.

암살, 협잡이 난무하는 에도성에서는 피가 마를 날이 없었다.

그때, 조선군이 에도로 쳐들어온단 급보가 전해졌다.

전에도 한번 말한 적 있다.

아무리 앙숙이어도 외계인이 쳐들어오면 힘을 합쳐 싸운다.

에도 막부도 마찬가지여서 급히 5대 쇼군을 잠정 확정했다.

바로 도쿠가와 쓰나요시였다.

쓰나요시는 에도 막부 수뇌부의 지지를 받는 자다.

혈통. 역시 좋아서 이에쓰나의 막냇동생이다.

조선군이 나가노에서 왜군 수만 명을 한나절 만에 무찔렀단 소식을 듣고 에도성에서 항전하기로 한 결정 역시 5대 쇼군에 오르기로 반쯤 결정 난 쓰나요시 머리에서 나왔다.

그런데 예상보다 훨씬 일찍 도착한 장용청이 송골매로 총격을 가하는 바람에 쓰나요시 결정에 반대하는 세력이 생겼다.

바로 5대 쇼군 승계 전쟁에서 안타깝게 패배한 도쿠가와 쓰나시게와 그를 따르는 도쿠가와 가문의 방계 혈족들이다.

도쿠가와 쓰나시게도 혈통에는 문제없었다.

아니, 오히려 정당성은 쓰나시게 쪽에 있었다.

쓰나시게가 이에쓰나의 바로 아래 동생이기 때문이다.

즉, 쓰나시게가 둘째, 쓰나요시가 셋째인 거다.

원래 서열이 높은 쓰나시게가 쓰나요시 대신 쇼군에 올라야 했지만, 에도 막부 수뇌부가 쓰나요시를 밀면서 낙마했다.

쓰나시게 처지에선 억울할 수 있는 일이었다.

그런데 쓰나요시가 겁을 먹고 황급히 에도성에 틀어박히는 바람에 장용청이 성을 포위하게 만드는 빌미를 제공했다.

쓰나시게로선 동생을 밟고 올라설 절호의 기회였다.

게다가 쓰나요시가 5대 쇼군에 오르는 건 아직까지 잠정이다.

천황이 임명장을 보내 줘야 진짜 쇼군이 되는 거다.

즉, 쓰나시게에게도 아직 기회가 있는 셈이다.

쓰나시게는 동생 쓰나요시를 찾아가 강력히 주장했다.

"당장 성문을 열고 나가 적의 예봉을 격파해야 합니다! 그래야 에도성 백성도 우리를 믿고 적과 끝까지 싸우려 들 겁니다!"

"아니 될 말이오! 어차피 조선 놈들은 에도성의 해자를 건너올 방법이 없소! 한데 어찌 우리가 먼저 성문을 열어 줘서 놈들에게 에도성을 공격할 빌미를 준단 말이오! 불가하오!"

두 사람의 논쟁은 점점 격해졌다.

하지만 쓰나요시는 요지부동이었다.

심지어 화를 내며 쓰나시게를 혼마루에서 쫓아내기까지 했다.

결국, 분을 이기지 못한 쓰나시게는 자기 번과 방계 혈족

번에서 차출한 병력 1만 명으로 에도 성문을 열고 출진했다.

이는 쓰나요시에 대한 항명이었다.

에도 막부의 거성인 에도는 도쿠가와 이에야스 시절부터 증축과 개축을 거쳐 완벽한 천혜의 요새로 거듭나 있었다.

원래도 많던 강을 해자로 개축까지 하여 성을 보호했는데, 넓은 곳은 수십 미터에 달해 교량이 없으면 통과하지 못했다.

쓰나요시는 이 해자를 믿고 항전할 것을 주장했지만 쓰나시게는 선봉을 무찌르는 쪽이 더 중요하다고 판단한 것이다.

한편, 에도성을 포위한 장용청도 쓰나시게의 출진을 확인했다.

윤준은 바로 지시했다.

"어차피 저놈들도 다리를 건너야 해서 한꺼번에 다 못 나온다! 다리 출구에 교차 사격으로 화망을 전개해라! 그럼에도 접근하면 비격뢰를 투척해 최대한 다가오지 못하게 막아라!"

참모장이 급히 물었다.

"비격뢰가 통하지 않으면 어찌합니까?"

"뭐 나머진……, 하늘에 맡겨야겠지."

어쨌든 명은 명이다.

지휘관이 사수를 명한 상황에서 전선 이탈은 전시 탈영이다.

장용청은 곧 다리 출구 쪽에 교차 사격을 가할 준비를 마쳤다.

교차 사격은 사실 간단한 전술이다.

말 그대로 총알이 서로 교차하게 쏘면 되는 거다.

이렇게 하면 같은 면적에 더 많은 총알을 쏟아부을 수 있다.

화력을 한곳에 집중하는 거다.

원래는 기관총으로 해야 맞지만, 소총 사수가 충분하고 재장전 속도도 빠르다면 그와 비슷한 효과를 기대할 수가 있다.

마침내 왜군 선봉이 함성을 지르며 다리를 빠져나왔다.

장용청의 교차 사격도 동시에 이루어졌다.

타타타타탕!

귀청을 울리는 총성이 들리는 순간.

다리를 빠져나오던 왜군이 벌집이 되어 쓰러졌다.

왜군은 시체를 끌어내고 다시 진격했다.

하지만 그때마다 같이 교차 사격이 이뤄져 번번이 시도를 무산시켰다.

왜군은 금세 전술을 바꾸었다.

우선 조총으로 엄호 사격을 가하고 진격을 시도했다.

하지만 참호 안에 틀어박힌 장용청에 큰 피해를 주지 못했다.

다리가 붉게 물들 정도로 많은 피를 봤을 때.

마침내 왜군도 화포 전차를 앞세우고 전진했다.

윤준이 혀를 찼다.

"아주 멍청하진 않군."

망원경으로 전선을 확인하던 참모장이 돌아보며 물었다.

"어떻게 하시겠습니까?"

"지금은 참호를 이용해 버티는 수밖에 없겠지."

"알겠습니다……."

본부의 명령에 장용청 병사들은 참호에 더 깊이 몸을 묻었다.

왜군은 화포 전차를 앞세워 꾸준히 진격했다.

화포 사거리에 장용청 참호가 닿는 순간.

왜군은 장전해 둔 유탄으로 바로 포격을 가했다.

펑펑펑펑펑!

유탄이 참호에 떨어져 폭발했다.

"으으."

파편이 튈 때마다 여기저기서 신음이 들렸다.

지휘관들은 참호를 돌며 병사들을 독려했다.

"견뎌라! 견디면 포격은 끝난다! 우린 그때를 노려 반격한다!"

그러나 견디는 것조차 쉽지 않았다.

유탄이 떨어질 때마다 참호 하나가 통째로 전투 불능에 빠졌다.

참모장이 급히 윤준을 보았다.

윤준은 묵묵히 전선을 지켜볼 뿐, 움직일 기미가 없었다.

참모장이 막 입을 떼려는 찰나.

윤준이 작게 안도의 숨을 내쉬었다.

"놈들이 포격을 멈추고 진격하려는 거 같군."

그 말에 참모장이 급히 고개를 돌려 전선을 확인했다.

정말로 포격을 멈춘 왜군이 조총을 발사하며 돌격하고 있었다.

참모장은 왜군이 포격을 멈춘 이유를 알지 못했다.

이쯤이면 충분하겠다 싶었을 수도 있다.

아니면 애초에 가져온 포탄이 그렇게 많지 않을 수도 있고.

어쨌든 장용청으로선 천재일우의 기회였다.

아마 10분만 더 포격했어도 전선을 사수하기 어려웠을 테니까.

근데 왜군이 기가 막힌 시점에 포격을 멈춰 장용청을 살렸다.

일방적으로 당하기만 하던 장용청 병사들도 반격을 준비했다.

심지어 파편에 찔려 피를 흘리는 부상병도 팔만 아프지 않으면 송골매를 들어 조준하거나, 비격뢰를 꺼내 손에 쥐었다.

지휘관은 참호를 돌며 목이 터져라 외쳤다.

"기다려라! 놈들을 더 끌어들여야 한다! 이번에 제대로 한 방 먹이지 못하면 놈들은 또다시 화포로 유탄을 쏘아 댈 거다!"

병사들은 지휘관의 지시에 따라 끝까지 기다렸다.

마침내 왜군이 2, 30미터 앞까지 도달했을 때.

지휘관들이 목청껏 소리쳤다.

"지금이다! 비격뢰를 던져라!"

곧 비격뢰 수백 개가 참호 안에서 솟구쳐 날아갔다.

펑펑펑펑펑!

비격뢰가 폭발할 때마다 왜군이 비명을 지르며 나자빠졌다.

"송골매로 사격하라!"

병사들은 지시대로 송골매로 사격을 가했다.

비격뢰에 놀라 주저앉거나, 몸을 돌린 왜군이 1차 표적이다.

탕탕탕탕탕!

송골매 총성이 끊임없이 울려 퍼졌다.

그리고 그때마다 왜군은 피를 흘리며 쓰러졌다.

장용청의 기습에 제대로 당한 왜군은 깜짝 놀라 다시 후퇴했다.

윤준은 한숨을 내쉬었다.

또다시 화포 전차로 포격을 가하려는 거다.

"있을 땐 천마가 너무 느려서 거추장스럽기만 했는데, 없어 보니까 그 소중함을 알겠군. 돌아가서 연구 좀 해 봐야겠어."

참모장은 그저 쓴웃음을 지을 뿐이었다.

그러나 왜군도 바로 포격해 오지는 못했다.

유탄이 떨어졌단 추측이 맞았던 거다.

왜군은 몇 발 쏘고 나서 유탄을 운반하느라 시간을 소비했다.

장용청 병사들이 그 모습을 초조하게 지켜볼 때.

드드드!

뒤에서 땅이 울리며 육중한 무언가가 다가왔다.

깜짝 놀란 병사들이 고개를 돌리는 순간.

금위청 선봉 부대가 천마 10여 대를 밀며 나타났다.

그 모습을 본 장용청 병사들은 너 나 할 거 없이 환호를 질렀다.

심지어 윤준도 일어나 고함을 질렀다.

"좋았어, 시발! 지금쯤이면 도착할지 알았다고!"

참모장이 헛기침하며 윤준을 보았다.

"장군, 병사들이 듣습니다."

윤준은 어깨를 으쓱해 보였다.

"장군은 욕해선 안 된단 법도 없잖은가."

천마가 등장한 뒤의 전투는 전투라 부르기도 민망했다.

금위청은 곧 왜군을 다리로 다시 밀어 넣었다.

끝까지 남아 저항하던 왜군도 천마가 발사한 조란환에 엄청난 손실을 보고 나서 겁을 집어먹고 에도성으로 달아났다.

금위청 선봉을 필두로 원정군 주력 부대가 차례차례 도착했다.

원정군은 장용청 참호를 이용해 더 강력한 방어선을 설치했다.

말 그대로 개미 새끼 하나 도망치지 못하도록 포위한 거
다.

이제 전투는 포위전과 농성전의 형태로 흘러갔다.

둘 중 어느 쪽 전술이 이길지는 아직 알 수 없었지만.

184장. 비가 그치기만 기다리면 되겠군요.

유혁연은 우비를 입고 에도성 해자를 보았다.

굵은 빗방울이 떨어질 때마다 해자 수면에 구덩이가 파였다.

고개를 들어 하늘을 바라본 그의 미간에 짙은 주름이 잡혔다.

새카만 구름이 세찬 빗줄기를 쏟아 내고 있었다.

고개를 살짝 저은 그가 강대산에게 물었다.

"왜국은 장마가 이리 늦게 옵니까?"

"아닙니다. 장마도 조선과 비슷합니다."

"그러면 오래 내릴 비는 아니겠군요."

"맞습니다. 2, 3일 더 기다려 보시죠."

유혁연은 말없이 고개를 끄덕였다.

강대산 말대로다.

2, 3일 기다려 보면 결과를 알 수 있을 거다.

이게 지나가는 비인지, 아니면 뒤늦게 찾아온 장마인지.

지나가는 비라면 작전엔 차질을 빚지 않는다.

하지만 뒤늦게 찾아온 장마면 일정이 많이 꼬인다.

아니, 일정만이 아니다.

저 해자를 넘기 위해 숱한 피를 뿌려야 할 거다.

사방이 해자와 바다로 막힌 천혜의 요새를 바라보며 유혁연이 작게 한숨을 내쉬었다.

방오의 수군이 같이 왔다면 고민할 것도 없었다.

에도성 앞에서 포격만 해 줘도 일이 훨씬 쉬워지니까.

하지만 현실적으로 그럴 수가 없다.

현재 수군은 노토반도에 정박해 있었으니까.

그들이 이곳 에도항으로 오는 방법은 크게 두 가지다.

하나는 북동쪽으로 한참을 올라가서 홋카이도와 혼슈 사이에 뚫린 해협을 지나 에도로 다시 한참을 내려오는 것.

다른 하나는 남서쪽으로 한참을 내려가서 혼슈와 규슈 사이에 있는 간몬 해협을 지나 다시 북동쪽으로 올라오는 거다.

근데 두 방법 다 최소 한 달 이상 걸리는 여정이다.

말 그대로 현실적인 이유로 쓸 수 없는 거다.

그렇다면 육지에서 에도성을 공성하는 수밖에 없는데.

그러기 위해선 반드시 저 해자를 넘어야 한다.

문제는 그 해자가 결코 만만치 않다.

넓어서 공격하기 좋은 방향은 해자 폭이 몇십 미터다.

미리 부교를 준비하지 않으면 시도조차 쉽지 않다.

반대로 폭이 좁아 임시 부교로 건너갈 수 있을 법한 방향에는 왜군이 옹성, 성루, 각이 진 성벽으로 막고 있다.

그런 곳으로 부하를 보내는 건 자살을 지시하는 것과 다름없다.

해자가 무리라면 에도 막부가 성에 설치한 다리를 돌파하는 방법이 유일했는데, 그 역시 엄청난 피해를 감수해야 한다.

더욱이 성공할지는 더더욱 미지수고.

물론, 원정군은 대처할 방법도 없이 훈련도감만 보내진 않았다.

왜국에 잠입한 용호군이 몇 년 전부터 에도성 해자를 세세히 조사해 본국에 보고한 터라, 어쩌면 에도 막부 관리보다 조선이 에도성 해자를 더 잘 파악하고 있을지도 모른다.

근데 그 방법을 쓰기 위해서 전제되어야 하는 요소가 바로 하늘이 맑아야 한다는 것이다.

유혁연이 장대비를 보며 심란해하는 것도 그런 이유고.

유혁연은 막사 안으로 자리를 옮겨 논의를 이어 갔다.

"에도성에 있는 용호군 요원은 몇 명이나 됩니까?"

안교안이 대답했다.

"32명입니다."

"엄청나군."

"조선의 역습 작전이 처음 기획되고 나서 집중적으로 요원을 투입했습니다. 아마 에도성 현지에서 포섭한 인원까지 포함하면 우릴 도와줄 인원이 100명은 충분히 넘을 겁니다."

고개를 끄덕인 유혁연이 이번엔 오효성에게 고개를 돌렸다.

"팔장사 쪽은 어떻습니까?"

오효성이 옆에 있는 김지웅을 보았다.

"그건 김 장사가 잘 알고 있습니다."

시선이 자신에게 쏠리는 걸 느낀 김지웅이 자세를 바로 했다.

"노토에 상륙한 직후에 장애성, 장사민 두 장사가 직접 정예 장사 300명을 이끌고 남하해 에도성에 잠입했습니다. 물론, 에도성에 있는 용호군 요원의 도움을 받았기에 가능한 일이었습니다. 선뜻 도와주신 용호군 관계자께 감사드립니다."

그러면서 김지웅이 강대산과 안교안 쪽으로 머리를 숙였다.

강대산과 안교안도 일어나 답례했다.

유혁연이 김지웅에게 물었다.

"에도성에 잠입한 팔장사의 계획은 무엇이오?"

"전원 왜군으로 변장한 상태에서 소요 사태가 일어나는 즉시, 에도성 혼마루로 진입해 주요 인물을 제거 혹은 제압할 계획입니다. 아울러 에도성 보물 창고도 확보할 예정입니다."

"작전할 때 잠입한 장사들이 다치지 않을까 걱정이오."

"단단히 주의시켜 두었습니다. 그런데도 작전에 휘말려 죽거나 다친다면, 그건 우리가 잘못 가르친 탓이겠지요."

"팔장사의 활약을 기대하겠소."

유혁연의 시선이 마지막으로 구석에 있는 사내에게 향했다.

사내는 생김새가 무척 특이했다.

우선 키가 난쟁이처럼 작았다.

가장 큰 오효성과 비교하면 머리가 가슴께밖에 오지 않았다.

하지만 그다지 왜소한 느낌은 들지 않았다.

몸이 차돌처럼 아주 단단하기 때문이다.

실제로 그는 여기서 누구와 싸우더라도 이길 자신이 있었다.

유혁연은 먼저 사내를 다른 이들에게 소개했다.

"처음 보는 분들도 있을 겁니다. 이번 작전에서 중책을 맡은 별장 선이남 장군이라 합니다. 다들 인사 나누시지요."

그 말에 모두 일어나서 선이남과 인사를 나누었다.

선이남도 예의 있게 답해 다른 이들의 호감을 샀다.

유혁연이 선이남에게 물었다.

"선 장군은 작전 준비를 마쳤소?"

"모두 마쳤습니다."

유혁연이 막사에 뚫린 창문으로 밖을 보았다.

장대비가 여전히 몰아치고 있었다.

"그러면 이제 비가 그치기만 기다리면 되겠군요."

유혁연의 말을 듣기라도 한 걸까.

장대비가 때마침 분 강풍을 타고 막사를 찢을 듯이 몰아쳤다.

그 모습에 다들 얼굴이 어두워졌다.

◆ ◈ ◆

도쿠가와 쓰나요시가 초조한 표정으로 방을 오갔다.

"홋타, 쓰나시게는?"

"감옥에 가두었습니다."

촛불을 노려보며 생각하던 쓰나요시가 단도를 꺼내 던졌다.

"쓰나시게에게 이 단도를 주고 자결시켜라."

"친형님이지 않습니까?"

홋타라 불린 사내가 흠칫했으나, 쓰나요시의 표정은 얼음장같이 차가웠다.

"형이면서 아까운 병사를 수천 명이나 잃은 멍청이기도 하지."

"명을 따르지요……."

"홋타!"

"하실 말씀이 남으셨습니까?"

"쓰나시게를 자결시키고 나서 중신을 불러라."

"알겠습니다."

홋타가 나간 후.

쓰나요시는 혼마루 천수각 창문으로 에도 밤바다를 보았다.

풍랑 때문에 거친 파도가 천수각 아래까지 몰아쳤다.

쓰나요시는 파도를 보며 갑자기 깊은 생각에 잠겼다.

하지만 좀처럼 결론이 나지 않는 모양이다.

표정은 처음부터 끝까지 계속 어두웠다.

향로에 피워 둔 향이 반쯤 탔을 때.

홋타가 중신들을 데려왔다.

쓰나요시가 기뻐하며 그들을 맞았다.

"숙부님 오셨습니까? 아베, 사카이, 그대들도 왔군."

서로 인사한 뒤에 숙부라 불린 노인은 왼쪽에, 아베, 사카이라 불린 중년 사내 두 명은 노인과 반대편에 떨어져 앉았다.

그 모습을 못 본 척한 쓰나요시도 홋타와 자리에 앉았다.

"도호쿠와 시코쿠로 간 사자들이 소식을 보내왔소?"

"모두 기다려 달라고만 했답니다."

아베의 입에서 흘러나온 건 원치 않았던 답변.

쓰나요시가 주먹으로 다다미를 후려쳤다.

"빌어먹을!"

사카이가 태연한 표정으로 대꾸했다.

"예상한 일입니다. 작년에 한 조선 정벌이 대실패로 돌아가면서 도자마 번이 에도 막부를 보는 시선이 달라졌으니까요."

쓰나요시가 고개를 돌려 노인에게 물었다.

"숙부, 삿초 동맹, 아니 사쓰마와 조슈 쪽에선 뭐라고 합니까?"

"조선군이 쳐들어왔단 소식을 듣고 일단 전쟁을 멈추긴 했습니다만, 지원 관련해선 어느 쪽도 대답을 듣지 못했습니다."

그러면서 송구하다는 듯 조카에게 머리를 숙였다.

"모두 제 불찰입니다."

"아닙니다. 숙부님이 죄송할 일은 아니죠."

그때, 사카이가 끼어들었다.

"삿초 놈들도 에도 막부가 망하면 기회가 있음을 아는 겁니다."

"무슨 기회 말인가?"

노인이 허연 눈썹을 꿈틀거리며 묻자, 사카이가 빈정거리듯 대답했다.

"뭐겠습니까? 당연히 자신들의 막부를 세울 기회지요."

"막부? 웃기는 소리! 아직 우리 에도 막부가 건재하거늘 어찌 감히 무식한 변방 촌놈 따위가 그런 망상을 한단 말인가!"

사카이가 벌떡 일어섰다.

"우리라고 여기서 얼마나 더 버틸 거 같습니까? 나가노에선 불과 반나절 만에 대패했는데 에도성인들 다를 거 같습니까?"

"우리에겐 아무도 건너오지 못하는 광대한 해자가 있다! 그리고 10만이 넘는 병사와 80만이 넘는 에도 백성이 있다! 식량도 3년은 거뜬히 버틸 만큼 충분하고! 근데 우리가 왜 못 버틴단 말인가?"

"놈들의 신무기에 대해 듣지 못했습니까? 우리 화포 전차의 두 배나 되는 괴물 전차를 끌고 왔다지 않습니까? 그리고 그 괴물 전차보다 놀라운 무기가 놈들의 총입니다. 조총 한 발 쏘는 동안, 놈들은 세 발, 네 발, 다섯 발도 쏜답니다!"

"괴물 전차든, 소총을 든 조선 놈이든 해자를 넘어야 쓸모 있는 거다! 애초에 해자를 못 넘는데 그게 다 무슨 소용인가!"

"놈들이 수군을 동원하면 어쩔 겁니까? 우리가 가진 군함 수로는 놈들의 그 무시무시한 수군을 절대 막지 못할 겁니다!"

"놈들의 수군은 노토에 있다! 노토에서 여기까지 배를 타고 오려면 한 달 이상이 걸릴 테니 그 안에 결판을 내면 된다!"

그때, 쓰나요시가 짜증 난 얼굴로 소리를 질렀다.

"다들 언제까지 이런 입씨름만 벌일 겁니까!"

그제야 노인과 사카이도 입을 다물고 앉았다.

쓰나요시가 한숨을 내쉬며 아베에게 물었다.

"로주들은 여전히 항복하길 원하는 거요?"

"항복이 아닙니다. 교섭을 하자는 거지요."

"교섭이나, 항복이나 같은 소리 아니요?"

"다르지요. 항복은 저들이 어떻게 하든 우린 그 조치를 달게 받겠단 뜻입니다. 하지만 교섭은 우리가 원하는 방식대로 항복할 수 있습니다. 그 차이는 하늘과 땅만큼이나 큽니다."

쓰나요시가 이번엔 노인에게 물었다.

"다이로들은 여전히 결사 항전을 원합니까?"

"물론입니다. 고작 5대 만에 에도 막부가 망한다면 도쿠가와씨든, 마쓰다이라씨든 어찌 죽어서 선조들을 뵙겠습니까?"

그때, 그동안 조용히 있던 홋타가 불쑥 말을 꺼냈다.

"우리가 먼저 급습하는 건 어떻습니까?"

"급습? 이 장대비가 내리는 중에 말인가?"

"비가 오히려 우리 움직임을 가려 줄 겁니다."

사카이가 즉각 반대하고 나섰다.

"조총은 습기에 취약해 급습 효과를 누리기 어렵습니다. 더욱이 이런 장대비 속에선 아예 발사 자체가 불가능합니다."

"저도 압니다. 하지만 지난 몇 차례 전쟁에서 확인되었듯 백병전에선 우리가 놈들보다 뛰어납니다. 승산이 있습니다."

아베가 심각한 표정으로 물었다.

"조선군이 총과 대포로 반격해 오면 어찌할 건가?"

홋타가 눈을 빛내며 말했다.

"어차피 조선 놈들도 비 때문에 총과 대포를 쓰지 못할 겁니다."

고민하던 쓰나요시는 결국, 급습 작전을 재가했다.

사카이와 아베가 반대했지만, 노인도 쓰나요시 의견에 동의하는 바람에 새벽에 조선군을 급습한단 작전이 만들어졌다.

쓰나요시는 홋타에게 3만 병력을 내주며 말했다.

"불리하거든 바로 성으로 돌아와라."

"예."

다음 날 새벽.

홋타는 성문을 열고 해자 위 다리를 건너 야습을 시도했다.

김운청은 우비를 입고 참호에 쪼그려 앉아 늘어지게 하품했다.

물길을 잘 내 놓은 덕에 참호에 비가 고여 익사하진 않았다.

사람은 어디서나 적응하기 마련이란 말이 맞았다.

억수같이 쏟아지는 장대비 속에서도 눈꺼풀이 계속 감겨왔다.

김운청은 잠을 쫓기 위해 허벅지를 꼬집었다.

그 순간, 정신이 번쩍 나면서 얼마 전 일이 떠올랐다.

마츠에와 이와미 은광산을 접수한 총융청은 병력 반을 그곳에 남겨 두고 급히 동진해 멀찍이 앞서가던 본대를 쫓았다.

하지만 거리가 멀어 도중에 합류하는 데는 실패했다.

총융청은 결국, 에도에 꼴찌로 도착할 수밖에 없었다.

근데 보고가 어떻게 올라간 건진 모르겠지만 도쿠가와 가문의 비밀 동굴을 확보한 그와 동굴을 처음 발견한 병사들이 유혁연 원정군 사령관의 부름을 받고 사령부로 불려 갔다.

그리고 거기서 격려와 함께 1계급 특진되는 행운을 누렸다.

그래서 김운청은 이제 초관이 아니라, 권관이다.

권관은 초급 장교 중에선 가장 높은 계급이다.

권관 다음 계급인 파총부턴 야전에서 단독 지휘가 가능해진다.

즉, 출셋길이 활짝 열린 셈이다.

지금도 그 생각만 하면 입이 귀에 걸려서 내려오지 않았다.

한창 좋아하고 있는데 부하 초관이 다가와 속삭였다.

"전방 다리에서 수상한 움직임이 있습니다."

다리를 감시하는 야간 작전을 맡은 김운청의 눈이 번쩍 뜨였다.

어쩌면 이번엔 파총으로 진급할지도 몰랐다.

김운청은 두근거리는 마음으로 전방을 주시했다.

185장. 미친놈들……

곧 김운청의 눈에도 빗속에서 다가오는 왜군이 보였다.

김운청은 전령을 불러 지시했다.

"총융청 본부에 적이 야습해 왔다고 전해."

"예."

전령은 바로 말에 올라 빗속을 뚫고 본부로 달려갔다.

자다가 보고받은 조복양은 바로 원정군 사령부에 보고했
다.

초병이 성문을 열고 나온 왜군을 처음 발견한 시간과 최종
적으로 유혁연이 보고받은 시간의 차이는 15분에 불과했다.

그야말로 엄청난 보고 속도였다.

군대에서 신속한 보고는 생명이다.

하지만 대부분은 신속하게 이루어지지 않는다.

하급 부대는 당황해서 우물쭈물하다가 시간을 낭비한다.

그리고 상급 부대는 확실한 정보를 모은답시고 하급 부대를 닦달하다가 일이 다 터지고 난 다음에야 사령부에 보고한다.

특히 일선 부대에서 사고가 발생했을 때 그런 경우가 많다.

장교든, 부사관이든 상관없이 사고가 미칠 파장이나 위험보단 본인 경력을 더 걱정하기에 벌어지는 아주 더러운 병폐다.

하지만 개혁을 거친 조선군은 그렇지 않다.

보고는 곧장 해당 부대 최고 지휘관에게 올라간다.

중간에 시간을 끌거나, 보고를 빠뜨리면 바로 군법 회의 회부다.

김운청은 총융청 소속이어서 조복양이 가장 먼저 보고받았다.

그리고 조복양은 다시 유혁연에게 바로 보고했다.

불과 보고 두 번 만에 원정군 사령관이 적의 야습을 알아냈다.

유혁연은 즉시 일선 부대에 지시했다.

"적의 야습 부대를 최대한 끌어들여서 가능한 많은 타격을 입혀라! 그리고 적이 백병전으로 나오지 못하게 진천탄과 비격뢰를 충분히 사용하라! 포병과 전차는 동원하지 않는다!"

"예!"

곧 막사에서 잠을 자던 병사들도 무기를 챙겨 참호로 달렸다.

그 시각, 김운청이 지키는 다리에선 긴장감이 감돌았다.

김운청의 참호와 다리 출구는 500미터 떨어져 있었다.

왜군은 기도비닉만 유지하면 만사형통인 줄 아는 모양이다.

고양이가 걷듯 살금살금 걸어와 50미터 전방까지 도달했다.

김운청은 고개를 돌려 멀리 북서쪽을 보았다.

북서쪽엔 금위청이 담당하는 참호가 있었다.

총융청 소속인 그로선 마음에 안 들지만, 훈련도감 단독 작전은 금위청 위주로 돌아가는 경우가 많은데 지금도 그러했다.

그때, 북서쪽 참호에서 콩을 튀기는 거 같은 소리가 울렸다.

마침내 금위청이 선공에 들어간 거다.

김운청은 기다렸다는 듯 소리쳤다.

"발사!"

병사들이 즉시 송골매의 방아쇠를 당겼다.

탕탕탕탕탕!

총성이 울릴 때마다 왜군이 비명을 지르며 쓰러졌다.

장대비가 달빛을 가려 정확히 조준하진 못했다.

하지만 왜군이 많아도 너무 많았다.

희끄무레한 그림자를 노려 쏘기만 해도 반은 맞았다.

야습이 실패했음을 직감한 왜군은 함성을 질렀다.

사기는 높아서 그들이 지르는 함성에 땅까지 울렸다.

김운청은 참호를 돌아다니며 부하들을 격려했다.

"겁먹지 마라! 옆에 있는 전우를 믿어라! 훈련소에서 배운 대로 침착하게 방아쇠를 당겨라! 그러면 살아남을 수 있다!"

권관은 고위 장교라 직접 교전할 일이 거의 없다.

대신, 상부의 명령이 전선에서 잘 이행되도록 지휘 감독을 하거나, 지금처럼 부하들을 독려해 용기를 주는 일을 하였다.

함성을 지른 왜군은 백병 돌격을 감행했다.

참호에 접근만 하면 이길 수 있다고 철석같이 믿는 듯했다.

총융청 병사들은 쉴 새 없이 방아쇠를 당겼다.

물론, 비에 젖어 고장 나는 총도 적지 않았지만, 화력으로 제압할 정도의 송골매는 남아 있어 그렇게 큰 부담은 아니었다.

왜군은 엄청난 사상자를 내면서도 계속해서 밀고 들어왔다.

사상자가 얼마나 많던지, 빗물조차 붉게 물들었다.

총융청 병사들은 참호 앞에 쓰러진 왜군이 시야를 죄다 가리는 바람에 총을 발사하며 시체를 밀어내기까지 해야 했다.

그러나 문제는 왜군이 너무 많단 점이었다.

죽여도 죽여도 끝이 없었다.

인해전술에 총융청이 먼저 지친 셈이다.

얼마 후엔 왜군이 참호 앞에 서서 창으로 병사들을 찔렀다.

김운청은 목이 터지라 외쳤다.

"비격뢰 준비!"

각 참호에서 초관과 진무, 군교들이 복창했다.

"비격뢰 준비!"

"비격뢰 준비!"

"비격뢰 준비!"

"지금이다, 투척!"

"투척!"

"투척!"

방수 주머니에서 꺼내 불을 붙인 비격뢰 수천 개가 날아갔다.

일부는 비에 젖어 깡통으로 변했지만, 일부는 제대로 폭발했다.

굉음과 함께 비와 진흙이 사방으로 치솟았다.

인해전술로 밀고 들어오던 왜군이 초토화되었다.

그래도 왜군은 포기하지 않았다.

전열을 정비한 왜군이 2파를 보냈다.

이번 2파는 더 지독해서 비격뢰에 맞아 가면서까지 돌격했다.

오른팔이 덜렁거리는 한 왜군은 익숙하지도 않은 왼팔로 왜도를 미친놈처럼 휘두르다가 총알을 뒤집어쓰고 즉사했다.

또, 어떤 왜군은 두 다리를 못 쓰게 된 상황에서도 기어서라도 가겠다는 듯 한참을 기어 왔다가 비격뢰에 맞아 폭사했다.

김운청과 같은 장교마저 기가 질릴 지경이었다.

그가 보기에 왜군의 행동은 광기 그 자체였다.

왜군은 마치 죽는 거야말로 명예라는 거처럼 굴었다.

원정군 사령부에서 계속 탄환을 보급해 줬지만, 적의 제파 공격이 너무 빠르고 처절해 조금씩 보급에 차질을 빚고 있었다.

결국, 왜군 5파가 공격을 준비할 땐 총알이 거의 다 떨어졌다.

김운청은 고함치듯 지시했다.

"진천탄을 던지고 나서 백병전을 준비한다!"

"예!"

병사들은 방수 주머니에서 진천탄을 꺼내 불을 붙이고 던졌다.

진천탄이 무거워서 얼마 날아가지 못하고 진흙땅에 처박혔다.

그 바람에 도화선이 젖어 폭발에 실패했다.

"젠장!"

김운청은 욕을 하며 환도를 뽑았다.

병사들도 날붙이가 있으면 아무거나 닥치는 대로 집어 들었다.

긴장한 상태로 10분쯤 기다렸을 때.

곧 덮칠 거처럼 함성을 마구 지르던 왜군이 나타나지 않았다.

"뭐야?"

김운청은 뱃심이 대단한 부하를 빗속으로 정찰 보냈다.

잠시 후, 부하가 숨을 헐떡이며 돌아와 말했다.

"없습니다!"

"없어?"

"예, 다리까지 가 봤는데 다 도망갔는지 없습니다!"

김운청은 하늘을 힐끗 보았다.

비 양이 좀 전부터 줄어 지금은 보슬비처럼 내리고 있었다.

"하늘이 정말 우릴 돕나?"

"예?"

"놈들이 정말 5파를 보냈으면 쉽지 않은 전투였을 텐데 여기서 그냥 돌아가다니! 우연치고는 정말 이상한 우연이로군."

잠시 후, 원정군 사령부가 보내 준 탄환과 비격뢰가 도착해 김운청도 긴장을 풀고 피해 상황을 조사해 본부에 보고했다.

그땐 이미 밤이 지나 새벽이 가까워진 시각이었다.

김운청은 다시 참호로 들어갔지만 잠이 올 리 만무했다.

결국, 먼 하늘을 보며 어서 날이 밝길 기다렸다.

보슬비는 곧 안개로 변했다.

그리고 안개도 해가 떠오를 때쯤 서서히 걷혔다.

엿새 만에 처음으로 햇빛이 쨍쨍한 아침을 맞는 순간이었다.

"우웩!"

그때, 누가 토하는 소리를 들은 김운청이 일어났다.

"누구야?"

그 순간, 옆에 있던 부관이 다리 쪽을 가리켰다.

"권, 권관님, 저, 저길 좀 보십시오."

부관이 가리키는 방향으로 고개를 돌렸을 때.

김운청도 욕지기가 치미는 걸 느꼈다.

참호에서부터 다리까지 바닥이 화산처럼 시뻘겠다.

그리고 그 위에 왜군 시신이 서로 엉킨 채로 쓰러져 있었다.

거기다 멀쩡한 시체도 거의 없어 지옥이 따로 없었다.

"미친놈들……."

나중에 들은 건데 이런 곳이 대여섯 군데라고 하였다.

왜군은 새벽 야습 실패로 최소 1만 명 이상이 전사한 거다.

전사자가 일만이면 부상자는 1만 명이 훨씬 넘는단 뜻이다.

김운청은 한숨을 내쉬며 지시했다.

"놈들이 가져갈 수 있게 시체를 모아 놔라!"

"예!"

곧 병사들이 왜군 시체를 모아 한곳으로 모았다.

◆ ◆ ◆

유혁연은 수뇌부를 불러 상의했다.

"비가 그치고 해가 떴는데 어떻게 했으면 좋겠습니까?"

수뇌부 반은 당장 공격하길 원했다.

"언제 비가 또 내릴지 모르는 일입니다. 적이 야습에 실패
해 타격을 받은 이 틈에 몰아쳐 단숨에 항복을 받아 내야 합
니다."

반면 여전히 반대 의견 또한 존재했다.

"오랜 비로 다 젖어 있어 작전이 실패할 위험이 있습니다.
당장 결정하지 마시고 3, 4일 더 기다리며 지켜봤다가 판단하
시지요."

양측 주장 모두 흘려듣기 어려웠다.

유혁연은 어쩔 수 없이 작전 책임자인 선이남의 의견을 물
었다.

"선 장군은 어찌 생각하오?"

"모레 오전까지 비가 안 온다면 괜찮을 거 같습니다."

"풍향은 어떻소?"

"해풍이 좀 걸리긴 합니다."

122 조선의 군명함 8

"작전에 영향을 끼칠 정도요?"

"아닙니다. 해풍을 염두에 둔 작전이 준비되어 있어 괜찮습니다."

"좋소."

고개를 돌린 유혁연이 수뇌부들을 보며 명령했다.

"선 장군의 의견에 따라 모레 정오에 작전을 개시하겠습니다!"

"예, 대감!"

"그리고 마지막으로 투항을 한 번 더 요청해야겠습니다. 그래야 나중에 뒷말이 나오더라도 무시할 수 있을 테니까요. 이번 일은 전처럼 용호군이 맡아 진행해 줄 수 있겠습니까?"

강대산이 바로 대답했다.

"물론입니다."

그날 강대산은 왜군 시신 수습을 핑계로 왜군 수뇌부를 만났다.

그러나 에도 막부는 끝까지 항복을 거부했다.

강대산은 실망했지만 그래도 왜군 시신은 넘겨주기로 하였다.

곧 에도 백성들이 성 밖으로 나와 왜군 시신을 챙겨 돌아갔다.

시간이 순식간에 흘러 작전 개시일이 다가왔다.

다행히 비는 그 후로 한 방울도 내리지 않았다.

오히려 건조한 기후가 계속되어 열기마저 느껴졌다.

유혁연은 바로 공군 사령관 선이남에게 작전 개시를 명했다.

공군은 에도까지 힘들게 가져온 열기구를 펴서 바람을 넣었다.

석탄을 태워 만든 가스를 사용했는데 효과가 좋았다.

납작하던 풍선이 금세 빵빵해지며 날 준비를 마쳤다.

사령관인 선이남은 열기구 1호에 올라타서 작전을 지휘했다.

곧 1호를 필두로 20여 기가 넘는 열기구가 하늘로 올라갔다.

에도성에서도 열기구를 본 모양이다.

성첩을 지키던 왜군이 술렁거리는 모습이 여기서도 보였다.

선이남은 열기구 조종간을 잡고 직접 조종했다.

조종간은 풍선과 연결되어 있었다.

그래서 당기면 이동하고 풀면 반대 방향으로 밀려났다.

그런 식으로 30분쯤 조종했을 때.

마침내 열기구 15기가 에도성 상공에 도달했다.

나머지는 풍선이 찢어졌거나, 조종 미숙으로 도착하지 못했다.

선이남은 에도성 상공을 지나 바다 쪽으로 이동했다.

성에 있던 왜군이 조총과 화살을 미친 듯이 쏴 댔다.

하지만 열기구에 맞는 건 별로 없었다.

애초에 고도가 높아서 탄환과 화살이 열기구 고도에 도달했을 때는 이미 힘이 떨어져 위력을 제대로 발휘하지 못했다.

마침내 원하는 고도에 도착한 선이남은 탑재한 소탄을 던졌다.

소탄은 중간쯤에 와서 바람의 영향을 받아 궤도가 바뀌었다.

하지만 상관없었다.

그럴 줄 알고 바다 쪽으로 이동했기 때문이다.

쾅!

에도성 민간에 떨어진 소탄이 펑 소리를 내며 폭발했다.

그러나 소탄은 애초에 폭격용이 아니었다.

그보단 불을 지르는 용도에 가까웠다.

소탄에서 뿜어낸 강한 불꽃이 바람을 타고 사방으로 번졌다.

에도성 건축물은 대부분 목조를 자재로 썼다.

불길이 한번 붙으면 무섭게 타올라 진화에 어려움을 겪었다.

다른 14기의 열기구에서도 소탄이 떨어져 에도를 불태웠다.

왜군과 에도 백성들은 물과 흙을 끼얹어 급히 진화에 나섰다.

하지만 해풍이 불 때마다 도로 아미타불이 되었다.

거기다 숨어 있던 용호군 요원들이 방화까지 하는 바람에 화재는 금세 에도성 전역으로 번져 연기가 일대를 뒤덮었다.

선이남은 남은 소탄을 전부 투척하고 나서 방향을 바꾸었다.

무게가 갑자기 줄어든 열기구가 제멋대로 움직였다.

사실 열기구는 이때가 제일 위험했다.

이 순간을 제대로 통제하지 못하면 조종사도 살아 돌아가기 어렵다.

그래서 공군 조종사는 무엇보다 뱃심이 좋아야 했다.

에도성을 벗어나던 선이남은 그와 부하들이 만든 엄청난 광경에 놀랐다가 이내 고개를 젓고는 착륙 준비에 들어갔다.

186장. 이자가 쓰나요시 맞아?

"장 장사님!"

조지웅이 큰 소리로 불러 보았지만, 장애성은 미동조차 없었다.

이미 숨이 끊어진 후였기 때문이다.

망연히 앉아 있던 장사민이 안타까움을 감추지 못했다.

"우리 중에 가장 건강하던 친구가 가장 먼저 갈 줄이야……."

장애성은 실제로 팔장사 중에서 나이가 어린 축이었다.

근데 에도에 며칠 내린 가을비가 독이 된 모양이다.

심한 고뿔을 앓다가 끝내 병상에서 숨을 거두었다.

참으로 덧없는 죽음이 아닐 수 없었다.

그 숱한 전장에서도 살아남은 사나이가 고뿔에 걸려 죽다니…….

한숨을 크게 내쉰 장사민은 시신에 이불을 덮어 주고 일어섰다.

"조 부장사."

"예."

"자네가 혼마루 작전을 맡아 줘야겠네."

조지웅이 놀라 되물었다.

"소관이 말입니까?"

"서열상 내가 하는 게 맞긴 하지만 난 혼마루 작전 쪽은 잘 모르네. 그러니 이번 작전은 자네가 적임자일세. 그동안 먼저 떠난 장 장사와 혼마루 작전을 같이 준비하지 않았나?"

"소관이 지휘했다가 실패라도 한다면…….'

"자네 경력은 끝이겠지."

"……."

3차 조왜 전쟁의 성패를 좌우할 핵심 작전인 만큼 그 무게감은 여타 작전에 비할 수 없었다.

또한 이곳은 적진의 심장이나 다를 바 없는 에도성 내부.

경력 단절이 아니라 목숨을 장담하는 것조차 어려운 상황이었다.

"하지만 성공했을 때를 생각하게."

"예?"

"작전을 성공리에 끝마치기만 한다면 내 직접 자네를 팔장

사로 추천하겠네. 처음으로 심양 원행과 관련 없는 이가 팔장
사가 되는 거지. 또한 우리가 다 떠나고 나면 자네가 대장사
를 맡겠지."

"말씀은 감사합니다만…… 그래도 이건 너무 갑작스럽습
니다."

"자넨 계속 존경하는 전하를 옆에서 뫼실 수 있길 원하지
않았나? 자네가 대장사가 되면 그런 기회가 아주 많을 걸세."

조지웅은 잠시 고민해 보고 나서 대답했다.

"소관이 한번 해 보겠습니다."

"좋아. 그럼 난 작전대로 보물 창고 쪽을 맡지."

두 사람은 안가 지하실에서 다다미방으로 올라갔다.

위쪽은 이미 난리였다.

연기가 들어와 숨을 쉬기가 불편할 정도였다.

그나마 다행은 안가가 외딴곳에 떨어져 있어 조선군이 공
중에서 떨어트린 소탄에 직접적인 피해를 보지 않았단 거다.

안가 주위에는 팔장사 정예 장사들이 모여 있었다.

그들은 도쿠가와 가문의 문장인 접시꽃 문양이 새겨진 갑
옷이나 옷을 입고 있어 진짜 왜군과 분간하기가 쉽지 않았다.

물론, 촌마게도 하고 있었다.

촌마게는 앞머리를 밀어 버리는 왜국 특유의 상투를 가리
킨다.

"우리 먼저 감세. 무운을 빌지."

"예."

장사민이 장사 수십 명을 데리고 먼저 이동했다.

조지웅은 그를 주시하는 장사들을 훑어보다가 조용히 말했다.

"들은 사람도 있을 테지만 이번 작전을 지휘하기로 한 장 장사님이 돌아가셨다. 하여 지금부터 내가 작전을 지휘한다. 불만인 사람?"

"없습니다."

"좋다. 가자."

연기와 불길을 피해 한참을 달렸다.

그들을 발견한 왜군이나 에도 백성들은 전혀 의심하지 않았다.

이미 에도성 전체가 혼란스러운 마당에 도쿠가와 가문의 복장을 한 그들을 붙잡고 감히 신분을 확인하려는 자는 없었다.

덕분에 손쉽게 니노마루 성문에 도착했다.

왜성은 성벽으로 구역을 구분하는데.

에도성처럼 거대한 성은 산노마루, 니노마루, 혼마루로 나눈다.

그중 니노마루는 에도 막부의 행정 관청에 가깝다.

조선으로 치면 궐내각사인 셈이다.

막부에 중요한 곳인 만큼, 당연히 경계가 삼엄했다.

그들이 성문에 도착했을 때.

바로 성루 양쪽으로 왜군이 나타나 그들의 신분을 확인

했다.

조지웅은 같이 온 용호군 요원을 보내 상대했다.

용호군 요원이 왜국 말로 소리쳤다.

"우린 호시나 마사유키 공의 명을 받고 온 아이즈 병력이오!"

호시나 마사유키는 잠정 쇼군 도쿠가와 쓰나요시의 숙부였다.

그리고 도쿠가와 이에야스의 손자고 히데타다의 아들이었다.

도쿠가와 가문의 최고 어른인 셈이다.

성을 지키는 왜군이 그 말을 듣고 머뭇거릴 때.

용호군 요원이 급박한 표정으로 다시 소리쳤다.

"우린 도쿠가와 종가를 위해 순절하기 위해 왔소!"

"……."

"부디 아이즈 번 사내의 막부를 향한 충심을 꺾지 말아 주시오!"

그때, 늙은 사무라이 하나가 감탄해 소리쳤다.

"막부를 향한 아이즈 번의 충심에 감동했소!"

그러면서 부하들에게 니노마루 성문을 열게 하였다.

피 한 방울 흘리지 않고 성문을 연 팔장사는 혼마루로 달렸다.

그러나 혼마루에선 같은 방법을 쓰지 않았다.

혼마루는 쇼군과 그의 가족이 기거하는 곳이다.

당연히 호시나 마사유키도 이곳에 머무르고 있어 아이즈 번에서 왔다고 말했다간 오히려 더 빨리 들킬 위험이 있었다.

조지웅은 고개를 끄덕였다.

그 즉시, 용호군 요원이 성문을 지키는 왜군 주의를 끌었다.

"지금 산노마루로 조선 놈들이 맹공을 해 오고 있소!"

왜군은 안 그래도 산노마루 상황이 궁금하던 차였기에 경계심을 약간 풀고 용호군 요원이 하는 얘기에 귀를 기울였다.

그때, 장사 열 명이 배낭을 메고 성문으로 접근했다.

이어 육안으로 감시하기 어려운 지점에 들어가 배낭을 열었다.

배낭 안에는 진천탄이 있었다.

장사들은 진천탄을 꺼내 성문에 설치했다.

그리고 마지막 한 명은 진천탄 도화선을 하나로 묶어 빼냈다.

왜군은 그제야 장사들을 의심스러운 눈으로 쳐다보았다.

그때, 도화선을 빼낸 장사가 라이터를 켜서 불을 붙이며 외쳤다.

"폭파, 폭파, 폭파!"

조지웅을 포함한 장사들은 재빨리 성벽으로 이동해 피했다.

치이이익!

도화선 타는 소리가 10여 초 정도 이어진 후.

콰아아앙!

굉장한 폭발과 함께 성문이 있는 성루 전체가 흔들렸다.

조지웅은 연기를 걷어 내며 성문으로 달렸다.

쇠와 나무로 만든 두꺼운 성문에 구멍이 뚫려 있었다.

"가자!"

조지웅은 왜도를 뽑아 들고 가장 먼저 안으로 들어갔다.

그 뒤를 장사들이 따르며 소지하고 있던 무기를 꺼냈다.

그때, 성루를 수비하던 왜군이 조총으로 장사들을 겨누었다.

"시가전!"

조지웅은 소리치면서 성벽 계단에 붙었다.

곧 강철 방패를 든 장사들이 계단을 뛰어 올라갔다.

타타타탕!

왜군이 쏜 총알은 강철 방패에 막혀 튕겨 나갔다.

장사들은 방패가 총알을 막아 준 틈을 이용해 비격뢰를 던졌다.

펑펑펑!

비격뢰가 좁은 공간에서 폭발하며 연기가 치솟았다.

비격뢰는 개활지보단 폐쇄된 공간에서 더 위력적이다.

파편이 벽에 튕겨 2차 피해를 주기 때문이다.

곧 성루가 왜군이 흘린 피를 뒤집어써 피바다로 변했다.

조지웅은 장사들을 계속 올려 보냈다.

방패 조와 비격뢰 조가 성루를 돌며 저항하는 적을 격퇴했다.

"전부 제압했습니다!"

부하의 보고를 받은 조지웅이 지시했다.

"너흰 원정군 본대가 올 때까지 무조건 버텨야 한다!"

"끝까지 사수하겠습니다!"

대답을 들은 조지웅은 장사들을 데리고 혼마루로 진격했다.

왜군이 대거 몰려나와 팔장사를 저지했다.

하지만 강철 방패를 앞세워 밀고 들어가면서 펼치는 맹공에 속수무책일 수밖에 없었고.

결국, 왜군 방어선이 연달아 뚫리며 천수각이 나타났다.

"놈들이 죄다 할복하기 전에 쇼군 놈을 잡아야 한다! 서둘러!"

"예!"

조지웅도 직접 방패를 들고 뛰어들었다.

강철 방패는 전신 방어용이라 당연히 무겁다.

근데 조지웅은 한 팔로 그런 방패를 들고 왜도까지 휘둘렀다.

캉!

도쿠가와 가문 사무라이가 휘두른 칼을 방패를 휘둘러 막았다.

그리고 돌아서면서 왜도를 내리쳤다.

왜도가 사무라이의 얼굴을 가르며 떨어졌다.

조지웅은 그것으로 만족하지 않고 쓰러진 사무라이의 목

을 방패로 내려찍었다.

콰직!

목뼈가 부러진 듯 움직임을 멈췄다.

조지웅이 뚫은 틈으로 장사들이 천수각으로 진입했다.

탕탕탕!

곧 나선 계단을 두고 치열한 총격전이 벌어졌다.

하지만 총격전에선 조총이 송골매를 이기긴 어려웠다.

거기다 장사들이 비격뢰까지 던지는 바람에 방어가 곧 뚫렸다.

팔장사는 천수각을 한 층씩 점령하며 올라갔다.

팔장사를 본 도쿠가와 여자들이 창문으로 투신하려 들었다.

천수각 반대편은 가파른 해안 절벽이다.

떨어지면 시체도 온전히 건지기 힘들다.

그런데도 여자들은 죄다 창문으로 몰려가 투신하려 들었다.

아니면 독을 먹고 자결하거나.

도쿠가와 여자들만 그런 것도 아니다.

시종이나 하인들도 똑같이 따라 했다.

자신들은 그걸 명예로 아는 듯했으나 타인이 보기엔 광기였다.

그리고 진짜 나쁜 새끼들은 그걸 명예라고 가르친 놈들이고.

"여자들이 죽지 못하게 막아! 나중에 필요하다!"

"예!"

장사들이 울며불며 날뛰는 여자들을 막느라 고생할 때.

조지웅은 부하의 송골매를 챙겨 들고 다다미방 문을 걷어찼다.

20대 초반으로 보이는 청년이 앉아서 배를 가르려 하고 있었다.

그리고 뒤에선 노인네 하나가 왜도를 들고 목을 쳐 주려 하였다.

목을 치는 이유는 고통을 줄여 주기 위해서다.

단도를 든 청년의 손이 바르르 떨렸다.

그리고 노인네는 얼굴이 붉어져 뭐라 계속 소리쳤다.

왜국 말은 잘 모르지만, 노인네가 자살을 강요하는 거 같았다.

하지만 청년은 두려워서 배를 가르지 못했다.

조지웅은 어이가 없었다.

아니, 고통이 무서우면 그냥 총으로 자살하면 되는 거 아냐?

그때, 조지웅을 힐끗 본 노인네가 왜도를 청년 목에 내리쳤다.

청년이 할복 못 할 거 같으니까 자기가 죽이려고 하는 거다.

"시발!"

소리친 조지웅은 바로 송골매의 방아쇠를 당겼다.

탕!

총을 쏘는 시점이 조금 늦은 모양이다.

왜도가 청년의 등을 스치며 떨어졌다.

조지웅은 얼른 달려가 청년의 손에 든 단도를 빼앗았다.

그리고 청년의 등을 확인했다.

다행히 근육은 상하지 않아 치료만 받으면 될 듯했다.

조지웅은 청년의 등을 지혈하며 소리쳤다.

"용호군!"

곧 용호군 요원이 달려왔다.

"이자가 쓰나요시가 맞아?"

요원이 청년의 머리를 잡아 비틀었다.

"맞습니다. 도쿠가와 쓰나요시입니다."

"좋아. 쇼군 자격으로 에도성 왜군과 에도 백성들에게 항복하란 지시를 내리게 해라. 안 그러면 도쿠가와 가문의 처자들에게 나쁜 일이 생길 거라고 하고. 어서 전해! 시간 없어."

"예!"

요원은 쓰나요시를 붙잡고 달래기도 하고 협박하기도 했다.

그렇게 10분쯤 했을 때.

쓰나요시가 한숨을 내쉬며 고개를 끄덕였다.

쓰나요시는 에도 왜군과 백성들에게 항복하라 명령했다.

그리고 해자에 있는 다리도 전부 열게 했다.

다리를 이용해 에도성 안으로 진입한 원정군은 먼저 에도성을 태우던 화재부터 진압하고 남은 문제들을 처리해 나갔다.

한편, 원정군 수뇌부와 같이 성내로 진입한 팔장사의 오효성과 김지웅은 장애성의 죽음을 보고받고 크게 슬퍼했다.

팔장사 여덟 명은 효종을 호위하던 심양 시절부터 현종이 즉위한 지금까지 동고동락하며 서로 친형제처럼 지내 왔다.

근데 그런 형제 중에 하나를 잃은 거다.

친혈육을 잃은 거처럼 슬픔이 몰려왔다.

그래도 계속 슬퍼만 하고 있을 순 없었다.

팔장사도 할 일이 태산이었다.

오효성은 먼저 다른 장사들과 상의한 뒤에 장애성이 해야 했던 일을 성공적으로 완수한 조지웅을 팔장사로 받아들였다.

팔장사 관련 인사는 임금도 오효성과 김지웅의 의견을 존중해 주었기 때문에 나중에 따로 재가만 받으면 큰 문제 없었다.

조지웅의 자격도 차고 넘쳤다.

이번 작전의 핵심은 공군이 에도를 불태워 혼란스럽게 만든 틈을 이용해서 팔장사가 쇼군을 인질로 잡는 것에 있었다.

근데 조지웅은 갑작스럽게 지휘를 맡았음에도 멋지게 해냈다.

보물 창고를 맡은 장사민도 작전에 성공했다.

폭도들이 에도가 혼란한 틈을 이용해 보물 창고를 털기 전에 팔장사가 먼저 진입해서 막부가 모은 보물을 모두 확보했다.

원정군 사령관 유혁연은 도쿠가와 쓰나요시를 앞세워 에도성의 혼란을 잠재우고 나서 에도 막부의 폐부를 공표했다.

이리하여 도쿠가와 이에야스로부터 이어진 에도 막부가 엄밀히 말하면 4대, 쓰나요시까지 포함하면 5대 만에 멸망했다.

유혁연은 이어서 마에다 가문의 가가 번을 이용해 왜국에 새 막부를 수립하는 작전에 들어가 어느 정도 성과를 보았다.

왜국 동쪽이 안정되면서 이제 서쪽에 모든 이의 시선이 쏠렸다.

　원정군이 왜국으로 떠난 후.

　이완 장군은 훈련도감보다 희정당에서 더 많은 시간을 보냈다.

　오늘도 마찬가지였다.

　새벽 댓바람부터 찾아와 보고했다.

　"3차 원정군이 어제 동래에서 출발했사옵니다."

　"3차는 목표가 사쓰마, 맞소?"

　"그렇사옵니다. 2차가 조슈, 3차가 사쓰마이옵니다."

　"1차 쪽은 상황이 어떻소?"

　"지금까지 들어온 정보에 따르면 마츠에와 이와미 은광산을 접수한 훈련도감이 동진해 에도로 진격 중이라고 하옵니다."

"노토에 남은 수군은 어찌 움직인다고 하오?"

"수군 반은 서진해 조슈에서 2차 함대와 합류할 것이옵니다."

"힘을 합쳐 조슈를 치는 거로군."

"그렇사옵니다."

"그럼 나머지 반은 언제 이동하오?"

"에도성을 점령하는 데 성공하면 훈련도감은 새 막부와 통교 협정을 맺고 노토로 돌아갈 것이옵니다. 노토에 남은 수군은 훈련도감이 북상하길 기다렸다가 같이 이동할 것이옵니다."

"역시 조슈로 가는 거요?"

"2차 원정군이 이미 조슈를 점령한 상태라면 서진한 뒤에 3차 원정군과 규슈의 사쓰마를 마지막으로 공략할 것이옵니다."

"계획대로 되길 빌어야겠군."

"유혁연 대감과 방오 제독이라면 잘 해낼 것이옵니다."

난 고개를 끄덕였다.

나도 이완과 같은 생각이다.

원정군 전력이면 왜국이 똘똘 뭉쳐 대항해 와도 승산이 있다.

근데 현재 왜국은 사분오열된 상태다.

자연재해나, 그에 비견되는 사고만 없다면 승리는 틀림없다.

"대마도에선 소식이 들어왔소?"

"계획대로 2차 원정군이 대마도를 접수했다고 들었사옵니다."

"왜인의 저항은 없었소?"

"산발적인 저항이 있었으나 모두 격퇴했다고 하옵니다."

"섬에 거주하는 왜인은 어찌하기로 했소?"

"선택권을 주기로 했사옵니다."

"섬에 남을지, 본토로 돌아갈지 스스로 결정하게 한다는 거군."

"그렇사옵니다."

대답한 이완이 잠시 생각에 잠겼다가 말했다.

"한데 전하……."

"말하시오."

"북방이 약간 수상하옵니다."

난 흠칫해 물었다.

"북방이라면 청나라 말이오?"

"그렇사옵니다."

"좀 더 자세히 말해 보시오."

"의주에서 청나라 군대를 발견하는 횟수가 부쩍 늘었사옵니다."

"우리가 왜국에 원정 중임을 알아채고 기회를 엿보는 거 같소?"

"신보단 용호군이 더 잘 알 것이옵니다."

"용호군이라……"

"소장이 가서 용호군 책임자를 불러 오겠사옵니다."

"잠시 기다리시오."

"왜 그러시옵니까?"

"그 용호군 책임자가 누군지 과인이 알 거 같아 그렇소."

"그럼 다음으로 미루……"

"아니오. 매도 먼저 맞는 게 낫겠지. 불러 오시오."

"알겠사옵니다."

그날 오후.

착호군 군장 고검이 더벅머리 청년을 하나 데리고 들어왔다.

고검은 대충 인사하고 이완 옆에 엉덩이를 부려 놓았다.

이완의 눈이 호랑이처럼 사납게 변했다.

"고 군장! 이곳이 어딘지 잊은 것이오!"

그 말에 코를 킁 하고 들이마신 고검이 머리를 다시 조아렸다.

"소인 고검, 전하의 부르심을 받고 입실하였사옵니다."

난 고개를 절레 저으며 물었다.

"아직도 삐진 거요?"

"소인 같은 놈이 어찌 감히 전하를 상대로 삐질 수 있겠습니까."

말은 그렇게 하지만 시선은 여전히 딴 데를 바라보고 있었다.

143

난 속으로 혀를 차며 달렸다.

"고 군장이 이번 원정에 못 간 건 저번 2차 조왜 전쟁에서 작전 도중 상처를 크게 입어 그런 거지 않소? 과인이 일부러 안 보낸 것도 아닌데 왜 세 살 먹은 애처럼 토라져 있는 거요?"

내 말을 들은 이완이 혀를 끌끌 차며 물었다.

"아니, 고작 원정군에서 이름 빠진 걸로 토라졌다는 말이오?"

"……."

"허허, 이 이완도 왕실과 조선을 수호하기 위해 자진해 남았거늘, 어찌 용호군 군장이란 이가 그런 일로 삐진단 말이오?"

"어라, 도원수 대감님은 멀미가 심해 못 갔다고 들었는데요."

"어험! 그건 다 이 이완을 모함하기 위한 낭설이오!"

난 한숨을 내쉬었다.

"둘 다 여기가 어디인지 잊지 마시오."

"황송하옵니다, 전하."

"용서하시옵소서, 전하."

난 고개를 젓곤 아직도 서 있는 더벅머리 청년을 가리켰다.

"고 군장과 같이 온 저 청년은 누구요?"

고검이 그제야 청년과 같이 왔단 사실이 기억난 모양이다.

"넌 상감마마께 절을 올리지 않고 왜 멀뚱히 서 있는 것이냐?"

청년은 서둘러 앞으로 나와 큰절을 올렸다.

"소인 최재천이 상감마마께 처음으로 인사 올리옵니다."

난 고검을 보고 물었다.

"추룡군 소속이오?"

"그렇사옵니다. 죽은 최제문이 아들이지요."

"최제문 과장에게 저렇게 다 큰 아들이 있었군."

"최 과장이 어린 나이에 장가를 가 그렇습니다."

"그러면 추룡군에는 유공자 혜택을 받아 들어온 거요?"

최제문은 처음으로 2급 훈장을 추서 받은 국가 유공자였다.

유공자 유족의 경우 군이나 관청에 지원할 때 가산점이 있어 그 혜택을 이용해 추룡군에 들어온 건지 물은 거다.

그런데 고검이 고개를 저었다.

"재천이는 7, 8년 전쯤에 용호군에 들어왔사옵니다. 최 과장이 순직하기 훨씬 전에 용호군에 몸을 담은 셈이지요."

"그럼 아버지 밑에서 많이 배웠겠군."

"그렇지도 않사옵니다."

"무슨 사정이 있나?"

"원래는 착호군 훈련소에서 훈련받았었지요."

"아버지가 용호군 과장인데 아들은 왜 착호군에 지원한 거요?"

"아버지 덕을 보고 싶지 않다며 착호군을 택했다고 하옵니다."

그 말에 이완이 고개를 크게 주억거렸다.

"호부에 견자 없다더니 그 말이 딱 맞지 않사옵니까?"

"그런 거 같소."

난 다시 고검에게 물었다.

"그럼 지금도 착호군 요원이오?"

"아니옵니다. 사람 죽이는 기술보다는 정보를 다루는 기술이 훨씬 뛰어나 얼마 전에 추룡군으로 보직을 옮겼사옵니다."

난 최재천을 칭찬했다.

"2대에 걸쳐 왕실과 국가를 섬기려 하다니 장하다."

"성은이 망극하옵니다."

"자리에 앉아라."

"예, 전하."

"긴장할 거 없다. 몇 가지 물어보려는 것이니."

"하문하시옵소서."

"요즘 중국 쪽 상황이 어떤가?"

"개판이옵니다."

이완이 바로 헛기침했다.

"젊은이, 말을 가려 하게."

최재천이 머리를 조아렸다.

"황, 황송하옵니다."

"그 말은 전하께 드려야지."

최재천이 크게 당황한 표정으로 나에게 다시 머리를 조아렸다.

"죽, 죽을죄를 지었사옵니다."

난 고개를 갸웃거리며 고검을 보았다.

고검이 내 눈빛을 받곤 고개를 열심히 저었다.

시간을 더 줘 보란 이야기인 듯했다.

고검의 인재 보는 눈을 믿지는 않는다.

하지만 그래도 공신의 적자라서 시간을 줘 보기로 했다.

"괜찮으니 계속해 보게."

"알겠사옵니다. 현재 청나라는 세 개의 세력으로 나뉘어 있사옵니다. 아, 물론 강남의 삼번은 빼고 말씀드리는 것이옵니다."

"그 세 세력은 어디 어디지?"

"황제와 태황태후 일파, 허서리 일파, 구왈기야 일파이옵니다."

"내 전에 안 군장에게 보고받기론 그들 외에도 나라와 니오후루란 자도 세력을 꾸렸던 거 같은데?"

"나라는 구왈기야에, 니오후루는 허서리에 흡수되었사옵니다."

"둘이 잡아먹혀 삼파전이 되었단 얘기군."

그렇다면 세 개의 거대 세력이 나름 균형을 이루며 대치하는 형국이란 뜻인가?

그런 내 예상은 뒤이어진 최재천의 설명에 산산이 부서졌다.

　"1년 전까진 그랬사옵니다."

　"지금은 아니란 건가?"

　"수단이 뛰어난 황제가 북경을 포함한 강북 지역을 완전히 장악하는 바람에 입지가 많이 좁아진 구왈기야는 만주로, 허서리는 사천 지방으로 각각 지배 기반을 옮겨 갔사옵니다."

　"삼번처럼 구왈기야와 허서리도 번왕이 되었단 건가?"

　"그렇사옵니다."

　"황제는 그들이 번왕을 자처하도록 놔두었고?"

　"그들을 번왕으로 제수한 것이 황제였사옵니다."

　대략 그림이 그려진다.

　북경에서 지지고 볶다가 내전이 일어날 바에는 차라리 땅을 주고 변방으로 쫓아내서 하나씩 잡아먹겠다는 발상이겠지.

　"강북에서의 황실 영향력을 좀 더 공고히 하면서 구왈기야와 허서리의 세력을 점차 약하게 만들려는 의도겠지?"

　"그렇사옵니다."

　"자신감이 대단하군."

　"지금까지의 행보만 보면 자신감을 가질 만한 거 같사옵니다."

　"황제에 대한 평가가 꽤 후하군."

　"뒤에 태황태후가 있었다곤 하지만 10대 초반 어린 나이에 즉위해 허서리 소닌이나 구왈기야 오보이 같은 거물의 견제 속에서도 끝내 살아남아 결국, 그들을 북경에서 먼 변방으로 쫓아냈으니 능력이 없다곤 할 수 없을 것이옵니다."

"뭐 그렇긴 하지."

흠, 강희제에게 빙의한 놈은 상대하기가 정말 만만치 않겠어.

난 다시 물었다.

"그럼 의주 근방에서 껄떡거리는 놈은 구왈기야 쪽 놈이겠군?"

"맞습니다. 구왈기야 오보이의 아들 구왈기야 시후네이옵니다."

오보이는 나이가 많으니까 그 아들인 시후네가 플레이어겠군.

내친김에 그동안 왜국 일로 등한시한 지역에 관해 물었다.

"요즘 대만은 어때?"

"용호군이 지원한 다두 왕국 만리에가 왕에 즉위해 굴복한 한족은 백성으로 삼고 저항하는 한족은 죽이고 있사옵니다."

"잘하고 있군. 그럼 삼번은?"

"정남왕 경정충은 복건에서 은밀히 힘을 기르는 중이옵니다."

"그자는 요주의 인물이지. 추룡군에서 계속 감시하게."

"예, 전하."

"다른 두 번왕 쪽은 어때?"

"아버지 상가회에게서 평남왕을 물려받은 상지신은 오삼계의 아들인 오응웅과 협력하여 경정충을 경계하고 있사옵니다."

"오응웅은?"

"사천의 허서리 일파와 연락을 주고받고 있사옵니다."

"자네 말대로 개판이군."

"예, 아니……, 예, 전하."

난 고개를 돌려 이완에게 지시했다.

"구왈기야 놈들이 시비를 건다면 제대로 응징하시오. 병력이 부족하다고 약한 모습을 보이면 신이 나서 더 덤벼들 거요."

"알겠사옵니다."

"황해청과 강원청에 충청청까지 움직여도 좋소."

"함경청은 임지를 지키게 할 생각이시옵니까?"

"그쪽은 루스 차르국에 대비해야 하오."

"신이 올라가서 직접 처리하겠사옵니다."

"대감이 가 준다면 과인이야 아주 든든하지."

고검도 이 기회를 놓치지 않겠다는 듯 바로 끼어들었다.

"소관도 보내 주시옵소서."

"고 군장도? 몸은 다 나은 거요?"

벌떡 일어난 고검이 주먹질과 발차기를 해 보였다.

무예를 다 시연한 고검이 자신감 넘치는 표정으로 대답했다.

"소관은 멀쩡하옵니다."

난 고검과 입씨름하기 귀찮아 손을 저었다.

"고 군장이 알아서 하시오."

"성은이 망극하옵니다."

이완과 고검이 떠나고 나서 열흘쯤 지났을 때.

희정당과 선정전을 오가며 정무를 보는데 최재천이 달려왔다.

"전하, 구왈기야군 1만여 명이 갑자기 의주에 쳐들어와 이완 장군이 지휘하는 평안청 등과 전투를 벌이고 있사옵니다."

"1만 명은 너무 적은 거 아닌가?"

"황실이 남쪽에서 쳐들어올까 봐 전력을 동원 못 한 듯하옵니다."

"알았다. 소식이 오는 대로 바로 보고해라."

며칠 후.

이번엔 새로운 소식이 두 가지나 들어왔다.

최재천이 들어와 아뢰었다.

"1차 원정군이 에도성을 점령하고 에도 막부를 폐했사옵니다. 그리고 마에다 가문의 가가 번을 옹립하여 가가 막부를 세우고 이와미, 사도, 벳시 세 지역의 조차를 받아 냈사옵니다."

"2차 원정군은?"

"조슈를 공략 중이라고 하옵니다."

난 잠시 생각하다가 지시를 내렸다.

"방오에게 여유가 되면 홋카이도를 점령하라고 해라."

"홋카이도면 북쪽에 있는 거대한 섬을 말씀하시는 것이옵니까?"

"그래, 거기. 아이누 원주민이 있을 텐데 그들과 협력해 섬에 들어온 왜인들을 쫓아내고 평야를 장악하라고 해라."

"평야라면……."

"홋카이도가 춥긴 하지만 평야도 넓고 토질도 좋아 작물이 잘 자라지. 지금 확보해 두면 조선에 두고두고 도움 될 거다. 지금이 아니면 왜인들이 넘어가서 왜국 땅으로 변할 테니까."

"1차 원정군에게 전달하겠사옵니다."

"두 번째 소식은 뭔가?"

"이완 장군과 고검 군장이 구왈기야군을 물리쳤다고 하옵니다."

"어떻게?"

"고검 군장이 몰래 넘어가서 천연두를 퍼트렸다고 하옵니다."

"흠, 무식하긴 하지만 만주족에겐 잘 먹히는 방법이지. 이완 장군에게 압록강을 넘어 적을 쫓을 필욘 없다고 전하거라. 만주는 겨울에 추우니까 천연두 작전이 잘 안 먹힐 거다."

"예, 전하."

일이 잘 풀리는 것을 보고 흐뭇해하고 있을 때.

왕두석이 들어와 생각지도 못한 소식을 전했다.

"전하, 청나라 황실에서 태감이 찾아왔사옵니다."

"태감?"

난 눈살을 찌푸렸다.

"창덕궁 옆문을 통해 데려와라. 이젠 사신 대접 따윈 없으니까."

"예, 전하!"

왕두석은 신이 나서 뛰어나갔다.

우리는 청에 사신을 안 보낸 지 3년이 넘었다.

청도 우리에게 사신을 안 보낸 지 딱 그 정도 되었다.

우리 국력은 커지고 청은 반대로 사분오열되며 벌어진 일이다.

근데 청 황실에서 갑자기 태감을 보냈다?

이제 와 조공을 바치란 얘긴 아닐 거고 무슨 의도지?

뭐 직접 만나 보면 알겠지.

곧 왕두석이 수염 없는 사신을 데리고 희정당으로 들어왔다.

태감이 정중히 읍을 하고 나서 유창한 우리말로 말했다.

"조선의 국왕 전하를 뵙게 되어 영광이옵니다."

"나도 만나서 반갑소."

"이것은 황제 폐하께서 드리라 한 선물이옵니다."

곧 태감을 따라온 내관들이 황실에서 보내온 선물을 바쳤다.

도자기와 그림, 글씨, 금불상 같은 것들이었다.

이어 태감이 서찰을 꺼내며 말했다.

"이건 황제 폐하께서 전하께 보내는 서찰이옵니다."

"선전관에게 주시오."

태감은 읍을 하고 나서 서찰을 왕두석에게 건넸다.

왕두석은 서찰을 자세히 조사한 뒤에 나에게 두 손으로 바쳤다.

난 서찰을 뜯어 읽어 보았다.

서찰 내용은 아주 흥미로웠다.

요약하면 삼국이 협조해 서로 각자의 실리를 챙기잔 내용이다.

계획에 따르면 조선은 만주를 점령해 고토를 회복하고 청은 사천을 쳐서 장차 화근이 될 허서리 세력을 일망타진한다.

그리고 정남왕 경정충도 서진해 상지신의 광주를 점령한다.

우선 대담한 발상에 놀랐다.

이건 플레이어이기 때문에 가능한 제안일 테지.

만주가 중국 농업과 자원 경제에서 큰 비중을 차지하는 건 맞지만 구왈기야와 허서리를 물리치는 일보단 중요하지 않다.

그럴 바에야 차라리 만주를 미끼로 우릴 끌어들이겠단 거다.

이로써 지금의 강희제가 플레이어임을 확신했다.

진짜 강희제였다면 절대 할 수 없는 제안이었으니까.

만주, 그중에서도 백두산 인근은 청 황실이 발현한 지역이다.

백두산 북쪽에 흩어져 있던 건주여진을 통합해 일어선 이가 누르하치였으니까 이는 청 황실의 뿌리를 팔아넘기는 짓이다.

그렇기에 실리를 챙기자는 그럴듯한 말에 속아선 안 된다.

어차피 고대든, 중세든, 현대든 한족 중국인이라면 대부분 그들이 세계의 중심이란 중화사상에 찌들어 있긴 마찬가지다.

즉, 그 이면의 의도를 알아야 한다는 뜻이다.

놈이 하는 생각은 이걸 거다.

중국은 대국이고 조선은 소국이다.

즉, 이대로 시간이 좀 더 흐르면 중국이 가진 인구와 자원으로 조선 따윈 언제든지 밟아 버릴 수 있다고 자신하는 거다.

그런 의도를 알면서도 마음이 혹하는 건 어쩔 수 없다.

바로 놈의 계획이 꽤 그럴듯하게 들리기 때문이다.

물론, 지금처럼 군벌이 중국을 나눠 가진 상태가 가장 좋다.

그러면 상대적으로 컨트롤하기 수월하니까.

하지만 이런 기회가 다시 오긴 힘들다.

청 황실이 사천 허서리를 치는 데 전력을 집중하긴 하겠지만 구왈기야는 전력 일부를 반드시 요서에 배치해야 한다.

청 황실이 언제든 돌아서서 구왈기야를 찌를 수가 있으니까.

즉, 이번 계획에 참여하면 약해진 적을 상대할 수 있게 된다.

무엇보다 만주 땅 자체가 너무 탐이 난다.

고토 회복 같은 감상적인 이유는 아니다.

그보단 엄청난 작물 생산량과 철강, 목재 때문이다.

결정적으로 한반도 인근에서 가장 큰 유전이 만주 쪽에 있다.

난 마침내 결정을 내렸다.

"정남왕이 동의하면 과인도 긍정적으로 생각해 보지."

"황제 폐하께 전해 드리겠사옵니다."

태감은 눈치가 빨랐다.

전쟁 중인 나라를 귀찮게 하지 않고 바로 제물포로 향했다.

구왈기야가 요동을 막고 있어 배를 타고 올 수밖에 없었다.

사신이 돌아간 뒤에 도성으로 복귀한 고검과 최재천을 불렀다.

"조선에 청의 첩자들이 많이 들어왔을 거요. 찾아내서 모조리 죽이시오. 만주를 얻기 전에 뒤통수 맞는 일은 절대 없어야 하오."

고검이 눈에서 살기를 흘리며 대답했다.

"바로 시작하겠사옵니다."

"최재천은 정남왕 경정충에게 내 서신을 보내라."

미리 적어 둔 서신을 꺼내 최재천에게 건넸다.

최재천이 공손히 두 손으로 서찰을 받아 품에 넣었다.

그렇게 용건을 마쳤다고 생각했을 때.

갑자기 뭔가 생각나 돌아가려는 최재천을 붙잡고 물었다.

"혹시 용호군에 김석주 일행과 관련한 소식 들어온 거 있나?"

"없사옵니다."

"알았다."

고검과 최재천이 돌아간 후.

난 갑자기 걱정되었다.

김석주야 워낙 약삭빠른 인물이라 알아서 잘할 거라 믿지만, 이렇게 길게 연락이 없던 적은 처음이라 슬슬 걱정되었다.

설마 남태평양에서 식인 부족이라도 만났나?

난 끔찍한 생각에 몸을 부르르 떨곤 왕두석을 불렀다.

"조회는 준비되었나?"

"예, 전하."

"가자."

난 조회에 참석하여 대기근 대책을 논의했다.

전쟁은 준비만 잘하면 이길 수 있다.

하지만 자연과의 싸움은 아무리 준비를 잘해도 결과를 모른다.

그저 진인사대천명이란 말처럼 최선을 다해 준비해 놓은 뒤에 겸허한 마음으로 대자연의 심판을 기다릴 생각이었다.

그때, 눈앞에 빛이 번쩍였다.

뭐지?

아, 플레이어 킬 메시지군!

난 벌떡 일어나 손뼉을 쳤다.

막 보고를 이어 가던 예조판서 김좌명이 놀라 물었다.

"신이 일을 처리한 방식이 마음에 들지 않으시옵니까?"

난 웃으면서 고개를 저었다.

"하하, 아니오. 아주 마음에 드오. 자, 이번 일을 처리하느라 고생한 예판 대감에게 수고했단 의미로 손뼉을 쳐 줍시다."

내 말에 대신들이 어리둥절해하면서도 열심히 손뼉을 쳤다.

졸지에 칭찬받은 김좌명은 쑥스러워하면서도 내심 기뻐했다.

난 다시 보고받으며 생각했다.

시간대를 봐서는 원정군이 모리 쓰나히로를 잡은 모양이군.

그럼 남은 건 시마즈 쓰나히사 한 놈뿐인가?

지겹던 전쟁도 이제 슬슬 끝나 갈 기미가 보인다.

◆ ◇ ◆

조슈 번은 하기성에서 2차 원정군의 맹렬한 공격을 열흘 이상 버텼지만, 공군이 열기구로 천수각을 태우자 결국 항복했다.

조슈 번 번주인 모리 쓰나히로는 화재에 휩쓸려 그때 사망했다.

조슈 번 하기성을 함락하는 데 성공한 2차 원정군은 3차 원정군을 지원하기 위해 규슈의 사쓰마 번으로 서둘러 이동했다.

하기성의 관리는 뒤늦게 도착한 총융청에게 맡겼다.

에도성을 함락한 뒤에 가장 먼저 노토반도로 돌아가 대기 중이던 총융청은 수송 함대를 타고서 하기성으로 이동했다.

그 바람에 김운청도 하기성에서 이미 싸울 의지를 상실한 조슈 번 병력을 무장 해제하는 싱거운 작전에 투입되어 있었다.

총융청은 먼저 조슈 번 모리 가문이 주고쿠에서 100년 동안 축재한 막대한 보물부터 수송선에 실어 대마도로 날랐다.

모리 가문이 이와미 은광산을 소유했었기 때문에 창고에서 엄청난 양의 은괴가 발견되었단 소문이 삽시간에 퍼졌다.

이와미 은광산 근처에서 도쿠가와 가문의 비밀 동굴을 발견한 일로 특진한 김운청은 혹시 하기성에도 그런 동굴이 있지 않을까 싶어 무장 해제 작전을 마치기 무섭게 부하들을 풀었다.

한참 후.

똑똑해서 신임하는 진교가 달려와 보고했다.

"와서 직접 보셔야겠습니다."

"오, 또 비밀 동굴 같은 걸 발견한 건가?"

"그건 잘 모르겠습니다만, 아무튼 직접 보시는 것이 좋겠습니다."

"앞장서라."

김운청은 진교를 따라 하기성 니노마루 안쪽으로 들어갔다.

"어?"

그걸 처음 본 순간.

김운청의 입에서는 어 외의 다른 말은 나오지 않았다.

일단 너무 신기했다.

쇠로 만든 사다리가 바닥에 깔려 있었다.

그리고 그 위에 역시 쇠로 만든 마차 같은 것이 놓여 있었다.

마차 옆으로 돌아가 보니 쇠막대로 이어진 바퀴가 지네 다리처럼 이어져 있었다.

김운청은 내친김에 발판을 밟고 마차 머리로 올라가 보았다.

무언가를 때는 아궁이와 무쇠솥이 보였다.

아궁이에는 얼마 전까지 무언가를 땐 듯 검댕이 묻어 있었다.

"이건 대체 뭐지?"

옆에서 같이 살펴보던 진교가 말했다.

"이 쇠 마차를 운용하던 자들을 잡아 놓았습니다."

"잘했다. 통역병을 데리고 그들을 심문해 보자."

잠시 후, 김운청은 통역병과 함께 조슈 대장장이들을 심문했다.

"저 쇠 마차는 정체는 무엇이냐?"

그 말에 나이 든 대장장이가 공손히 대답했다.

통역병이 한참을 듣고 있다가 대장장이 말을 통역했다.

"기차라고 합니다. 밑에 깔아 놓은 건 철로고요."

"기차? 어떤 용도로 쓰는 물건이지?"

"기차는 한 번에 사람과 짐을 대량으로 옮길 수 있다고 합니다."

"대량이 어떤 수준을 말하는 건가?"

"기차에 설치한 증기 기관의 성능에 따라 다른데…….""

"다른데?"

"이 대장장이의 말이 전부 사실이라면 한 번에 수십, 수백 명도 너끈히 옮길 수가 있다고 합니다. 짐도 마찬가지고요."

"앞에서 말이나 소가 끄는 건가?"

통역병이 다시 대장장이에게 질문했다.

대장장이는 한참 동안 설명했음에도 통역병이 잘 이해하지 못하자 답답하다는 듯 그를 데리고 기차 머리로 올라갔다.

김운청도 그들을 따라서 다시 기차로 올라갔다.

대장장이는 기차의 이곳저곳을 가리키며 설명했다.

통역병은 그제야 이해가 간다는 듯 고개를 끄덕였다.

"정확히는 모르겠는데 아궁이에 석탄을 때서 솥에 있는 물을 끓이면 그 힘으로 기차 바퀴가 저절로 굴러간다고 합니다."

김운청의 눈이 번쩍 뜨여졌다.

"그러면 사람은 그냥 타고 있기만 하면 된단 말인가?"

"아궁이에 석탄을 계속 넣기만 하면 된답니다."

"거참 신기하구먼."

한참을 감탄하던 김운청이 물었다.

"이건 누가 연구한 건가?"

"죽은 번주가 사쓰마 번주와 공동으로 연구했다고 합니다."

"공동 연구?"

"그렇답니다."

"좀 더 자세히 알아봐."

통역병이 대장장이와 다시 한참 동안 대화하고 나서 말했다.

"조슈 번 번주는 증기 기관으로 기차를 만들었고 사쓰마 번주는 같은 증기 기관으로 철선이란 배를 만들었다고 합니다. 그러나 조슈 번과 사쓰마 번의 사이가 틀어진 후에는 공동 연구를 포기하고 증기 기관을 독자적으로 연구했다고 합니다."

"철선?"

"그렇습니다, 철선."

"그러면 철선도 기차처럼 스스로 움직이나?"

"맞습니다. 노도 필요 없고 바람도 필요 없답니다. 증기 기관으로 프로펠라인가 프로펠러인가 하는 걸 돌려 움직인답니다."

"놀랄 노 자로군."

한참을 생각하던 김운청이 물었다.

"그러면 그 증기 기관이란 걸 장착하기만 하면 사람이 힘을 쓰지 않아도 기차나, 철선이 영원히 달릴 수도 있단 말인가?"

"기차의 경우엔 철로가 깔려 있으면 그렇답니다."

"이거 이러고 있을 게 아니라, 보고부터 해야겠군."

김운청은 바로 총융청 본부에 이 사실을 보고했다.

잠시 후, 조복양이 직접 현장에 나타났다.

"기차와 철로를 하나도 남김없이 전부 뜯어서 수송선에 실어라. 그리고 기차를 연구하던 대장장이들도 같이 배에 태우고."

"알겠습니다."

그때, 대장장이와 계속 대화하던 통역병이 급히 달려와 말했다.

"하기성 북쪽에 이 기차보다 더 신기한 장치가 있다고 합니다."

"어서 가 보자."

잠시 후, 그들은 폭포가 있는 곳에서 신기한 장치를 발견했다.

조복양은 신기한 듯 폭포와 신기한 장치를 번갈아 바라보았다.

"이게 대체……?"

폭포에는 회전축이 달린 바람개비 같은 것이 설치되어 있었다.

폭포의 강한 물살이 바람개비를 때릴 때마다 바람개비가 같이 돌았는데 거기서 발생한 회전력이 신기한 장치를 돌렸다.

구리로 만든 구리 선과 자석이 달린 장치였다.

그리고 그 장치와 연결된 유리구슬에서는 빛이 흘러나왔다.

"빛을 만들어 내는 장치라니……."

조복양은 통역병을 통해서 대장장이의 설명을 들으며 구슬에서 빛이 나는 원리를 이해해 보려 애썼지만 영 쉽지 않았다.

그에게는 도깨비가 장난치는 거란 설명이 더 와닿을 듯했다.

어쨌든 조선에 도움이 될 기술 같아 바람개비부터 신기한 장치까지 전부 고대로 뜯어서 배에 실으라는 명령을 내렸다.

그는 여전히 이해가 안 가지만 서유럽회사 연구소에 있는 천재들이라면 이게 어떤 원리로 작동하는지 알지도 몰랐다.

조복양이 김운청을 칭찬했다.

"자넨 무언가를 찾아내는 데 도가 튼 거 같구만."

대장에게 직접 칭찬받은 김운청은 입이 귀에 걸렸다.

하기성에서 조슈 번 처리를 깔끔하게 마친 총융청은 수송 함대를 타고 뒤늦게 도착한 금위청과 합류해 사쓰마로 향했다.

이제 사쓰마를 칠 차례였다.

　3차 원정군의 주력 함대는 경상 수영에서 차출되었다.

　그리고 그런 함대를 지휘하는 장군은 경상 수사 이태보였다.

　지휘관과 함대의 궁합도 중요해 일부러 맞춘 거다.

　이태보는 가고시마성이 보이는 바다에서 망원경을 들어올렸다.

　사쓰마 번의 깃발을 단 아타케부네 다섯 척, 세키부네 30척이 가고시마성으로 이어지는 주요 물길을 죄다 틀어막고 있었다.

　"흥, 별거 없군."

　전라 수사 곽순의 2차 원정군 함대가 조슈 번 하기성 앞에서 벌어진 해전에서 쉽게 승리했다는 정보를 받은 직후였다.

이태보는 자연히 마음이 급할 수밖에 없었다.

방오야 어쩔 수 없다 쳐도 곽순에게까지 질 순 없지 않은가.

"여해급과 이순신급은 서로 엄호하며 진격하고 장보고급은 좌측으로 반 바퀴 크게 돌아서 적 함대의 측면을 기습한다!"

"예!"

곧 경상 수영 함대가 앞으로 나와 가고시마 앞바다로 진격했다.

뒤에는 병사와 물자를 실은 수송 함대만 남았다.

초반 해전은 싱거울 정도였다.

천둥 2형 함포로 두들기니까 왜군은 속수무책으로 무너졌다.

그렇게 순조롭게 가고시마성으로 접근할 때였다.

갑자기 뒤에서 새카만 흑선 두 척이 나타났다.

적의 후방 기습을 염려한 이태보도 수송 함대를 지키기 위해 이순신급과 장보고급 군함 몇 척을 뒤에 배치해 놓고 있었다.

즉시, 경상 수영 방어 함대가 흑선을 저지했다.

2차, 3차 조왜 전쟁에서 보여 준 조선 군함의 월등한 성능이라면 왜군의 어떤 군함을 상대하더라도 승리할 자신이 있었다.

그때, 몇몇 수군이 의아함을 드러냈다.

"속도가 다른 왜국 군함에 비해 훨씬 빠르다!"

"거기다 돛도 펴지 않았어!"

"그러면 노로 저런 속도를 낸단 말인가?"

"아니야. 노도 없어."

"그럼 대체 저 흑선은 어떻게 저런 속도를 내는 거지?"

"그리고 저 굴뚝에서 올라오는 검은 연기는 대체 뭐야?"

흑선은 단순히 빠르기만 한 것도 아니었다.

"선회 속도가 엄청나게 빠르다!"

"저런 신속한 기동은 장보고급도 못 하는데……."

"이거 심상치 않다! 당장 수사께 이 사실을 전해라!"

그때, 빠른 속도로 다가온 흑선 두 척이 방어 함대 사이로 미끄러지듯 파고들어 와서 양 현의 함포를 동시에 발사했다.

콰콰콰콰쾅!

너무 가까운 거리에서 유탄 수십 발을 얻어맞은 방어 함대는 순식간에 군함 반 이상이 불타거나 항해 불능에 빠졌다.

엄청난 기동력으로 방어 함대를 제압한 흑선 두 척은 굴뚝에서 시커먼 연기를 끊임없이 뿜어내며 수송 함대로 돌진했다.

선체도 약하고 방어용 무기도 거의 없는 수송 함대에게 흑선 두 척은 양 떼 우리에 뛰어든 늑대보다 더 두려운 존재였다.

이태보도 그때쯤엔 흑선에 관해 보고받아 뒤를 보고 있었다.

"젠장, 저런 괴물 같은 놈을 지금까지 숨겨 두고 있었을 줄이야!"

참모장이 다급히 제안했다.

"놈들을 수송 함대에 접근하게 두면 피해가 엄청날 겁니다. 속히 함대 일부를 수송 함대 쪽으로 지원 보내 막으십시오."

"장보고급을 보내라!"

"알겠습니다!"

곧 장보고급이 선회하여 흑선을 막으러 갔다.

하지만 흑선의 속도가 더 빨랐다.

곧 포격 사거리까지 접근한 흑선이 함포를 맹렬히 쏘아 댔다.

펑펑펑펑펑!

폭음이 울릴 때마다 수송선에서 불길이 치솟았다.

불타는 수송선에서 수영청 병사 수백 명이 바다로 뛰어내렸다.

화재가 일어난 배에 있으면 반드시 죽는다.

하지만 바다에 뛰어들면 다른 배가 구해 줄 수도 있다.

열 척 넘게 피해를 보고 나서야 장보고급이 간신히 도착했다.

그러나 장보고급도 속수무책이긴 마찬가지였다.

흑선은 장보고급보다 더 빠르고 선회 능력도 더 좋았다.

장보고급은 흑선을 잡기 위해 급히 추격했지만 그땐 이미 흑선 두 척이 멀찍이 달아나 수송 함대에 함포를 쏘고 있었다.

수영청 대장 한도철은 수송 함대를 짓밟는 흑선을 냉정한 눈빛으로 바라보며 이 위기를 어떻게 헤쳐 나갈지 궁리했다.

한도철은 지금 권토중래가 절실했다.

한때 금위청 대장에 오르며 차기 훈련도감 도원수로 가장 유력하단 말을 들었지만, 병에 걸려 1년 넘게 쉬어야 했다.

그사이, 그의 부장이었던 유엽이 금위청 대장으로 진급했다.

더구나 평가도 좋아 이젠 유엽이 차기 도원수란 말을 들었다.

병을 털고 일어나 군에 복귀했을 때 그가 갈 수 있는 보직은 전임 대장이 뇌물을 받아 옷을 벗은 수영청밖에 없었다.

한도철은 그래도 낙심하지 않았다.

그는 장기를 살려 병사들의 사격 실력을 높이는 데 집중했다.

덕분에 수어청 병사들의 사격 실력은 훈련도감 오청 중에서 자타공인 최강으로 꼽혀 한도철의 마음을 흡족하게 하였다.

그런 한도철 앞에 능력을 증명할 수 있는 무대가 만들어졌다.

여기에서 어떻게 하냐에 따라 막장으로 떨어질 수도 있고 날개가 솟아 하늘을 자유롭게 활보하는 봉황이 될 수도 있다.

갑자기 양봉하는 친구에게 들은 얘기가 떠올랐다.

양봉장에 말벌이 나타나면 꿀벌은 상대가 되지 않는다.

두 벌의 체급 차이가 워낙 커서 말벌 한 마리가 꿀벌 수십 마리를 물어 죽이는 것도 그리 어려운 일이 아니라고 한다.

하지만 꿀벌도 말벌을 상대할 수단이 전혀 없진 않다.

그런 수단마저 없다면 진작 꿀벌은 살아남지 못했을 테니까.

그렇다면 그 수단이 뭔지가 중요한데, 그건 바로 꿀벌 수십 마리가 말벌 한 마리를 에워싸서 체열로 죽이는 방법이다.

날갯짓을 빠른 속도로 하는 꿀벌은 체온이 높을 수밖에 없다.

그런 꿀벌들이 에워싸 체열을 발산하기 시작하면 아무리 강한 말벌이라도 체온이 올라가 목숨을 잃는다고 한다.

한도철은 지금 상황이 꿀벌과 말벌 관계와 비슷하다고 느꼈다.

그에게 수송선은 꿀벌이고 흑선은 말벌인 거다.

수송선 한 척은 절대 흑선을 이기지 못하지만, 그 수송선이 수십 척 모여 에워싼다면 흑선도 버틸 재간이 없을 거다.

한도철은 신중하게 지시했다.

"수송선으로 흑선을 에워싸시오."

동승한 경상 수영 별장이 반대했다.

"그러면 피해가 더 늘어납니다!"

"어차피 이대로 가면 수송 함대는 전멸이오."

"하지만……."

"수송선이 에워싸기만 하면 마무리는 우리 수영청이 하겠소!"

그 말에 별장도 어쩔 수 없이 에워싸라 명했다.

곧 수송선 수십 척이 흑선 쪽으로 모여들어 에워쌌다.

흑선에 탄 왜군은 처음에 코웃음 쳤다.

하지만 수송선이 몇 겹으로 에워싸는 바람에 함포 포격으로도 뚫고 나갈 수 없게 되자 그제야 다급한 표정을 지었다.

흑선의 굴뚝에서 연기가 두 배로 솟는 순간.

굉음과 함께 흑선이 속도를 높여 수송선 선미를 들이받았다.

들이받힌 수송선은 옆으로 크게 밀려났다.

흑선 두 척은 그 틈을 이용해서 밖으로 달아나려고 들었다.

그때, 마침내 한도철이 나섰다.

"송골매로 일제 사격을 가해라!"

흑선을 에워싼 수송선에서 수어청 병사들이 총을 쏘는 순간.

타타타타탕!

흑선 뱃전에서 콩 볶는 듯한 요란한 소리가 울렸다.

한도철의 지시가 이어졌다.

"비격뢰를 던져라!"

곧 비격뢰가 날아가 흑선 선창을 또다시 휩쓸었다.

선창에 있던 왜군은 두 번의 공격으로 거의 전멸했다.

그래도 흑선은 여전히 어떻게든 뚫린 틈으로 달아나려 들었다.

한도철이 뒤를 보며 소리쳤다.

"흑선에 공성용 사다리를 걸쳐라!"

명이 떨어지기 무섭게 수어청 병사들이 혹시나 해서 가져온 공성용 사다리를 흑선 뱃전에 걸어 임시 부교를 만들었다.

그다음은 한도철이 따로 명령할 필요도 없었다.

흑선에 동료들이 죽어 나가는 모습을 눈 뜨고 지켜볼 수밖에 없었던 수어청 병사들이 함성을 지르며 부교를 건너갔다.

뱃전을 지켜야 할 왜군은 이미 거의 다 죽어 나간 상태였다.

무사히 진입한 수어청 병사들은 비격뢰를 이용해 선실을 차례차례 제압해 나갔고 마지막엔 기관실마저 손에 넣었다.

두 번째 흑선도 같은 과정을 거쳐 수어청에 나포되었다.

말벌도 혼자선 꿀벌 떼를 이길 수 없단 진리가 통한 셈이다.

그 모습을 지켜보던 한도철은 묘한 감정을 느꼈다.

방금 사용한 해전 방식은 왜국 수군이 즐겨 쓰던 거다.

1, 2차 조왜 전쟁에서 조선 수군은 항상 거리를 두고 포격하다가 접근해 끝장내는 식이었고, 왜국 수군은 언제나 거리를 좁힌 뒤에 조총을 쏘거나 배를 넘어와 백병전을 벌였다.

근데 이번 흑선은 어떻게든 거리를 벌리면서 싸우려고 들었다.

마친 조선 수군처럼.

반대로 수어청은 왜국 수군처럼 흑선으로 넘어가서 싸웠
다.

"전쟁이란 정말 알다가도 모르겠군."

수어청이 꽤 피해를 보긴 했지만 어쨌든 흑선은 제압되었
다.

경상 수영은 그제야 마음 놓고 공격해 사쓰마 수군을 몰아
냈다.

그로부터 한 시간 후.

경상 수영은 가고시마성 앞바다에 닻을 내리고 포탄을 쏘
았다.

대부분은 성벽에 막혔지만 그래도 그중 몇 발은 운 좋게 가
고시마성으로 떨어져 방어하던 사쓰마 번을 움찔하게 했다.

그래도 사쓰마 번은 확실히 전투에 능했다.

상륙하게 놔두면 끝장임을 아는지 먼저 성문을 열고 나왔
다.

곧 상륙 지점인 해안가에서 치열한 전투가 벌어졌다.

사쓰마 번은 수어청의 상륙을 어떻게든 저지하려 들었다.

반대로 수어청은 사쓰마 번과 싸우며 교두보를 확보하려
애썼다.

망원경으로 지켜보던 이태보가 참모장을 불러 다급히 물
었다.

"함포를 쏴서 상륙 통로를 개설할 수 있나?"

"불가능합니다."

"그러면 가고시마성에서 지원이라도 못 오게 막아."

"예, 제독."

곧 경상 수영 군함이 포격을 가해 사쓰마 번 지원을 차단했다.

덕분에 수어청은 마침내 해안가에 상륙 교두보를 확보했다.

사쓰마 번도 그냥 맥없이 물러서진 않았다.

그들은 수어청을 바다로 다시 밀어내기 위해 맹공을 펼쳤다.

수어청이 교두보를 방어하느라 진땀을 빼는 사이.

수송 함대가 전차를 상륙지에 하역하기 시작했다.

발이 푹푹 빠지는 해안가에서 무거운 전차를 단단한 지면으로 옮기느라 수어청 포병은 진이 다 빠져나갈 지경이었다.

그래도 전차의 효과는 확실했다.

멈춰 있을 때는 천둥 1형 화포를 발사해 적진을 무너트렸다.

그리고 이동할 땐 강철 방패로 수어청 병력을 보호했다.

전차에 속수무책으로 당하던 사쓰마 번은 결국 병력을 물렸다.

버티지 못하고 농성으로 전환한 거다.

그 틈에 상륙을 완료한 수어청은 가고시마성 주위를 포위했다.

이제 작전의 주도권은 수군에서 육군으로 완전히 넘어갔다.

즉, 이태보가 아니라, 한도철이 이번 전투의 총사령관인 셈이다.

한도철은 정석을 따랐다.

야포로 포격하면서 공군의 열기구를 띄웠다.

그러나 사쓰마 번은 가고시마성에서 전원 옥쇄할 생각인지 엄청난 피해를 입었음에도 끝까지 성문을 열지 않으려 들었다.

사쓰마 번이 그런 상태로 열흘을 버티는 사이.

2차 원정군을 구성하던 전라 수영과 어영청이 도착해 합류했다.

당연히 공격은 전보다 훨씬 맹렬해졌다.

주간에만 하던 포격이 야간에도 이루어졌다.

그리고 공군이 띄운 열기구도 숫자가 늘어나 가고시마성에선 밤낮을 가리지 않고 불길과 연기가 끊임없이 치솟았다.

농성한 지 스무 일하고도 닷새가 더 지났을 무렵.

마침내 방오가 지휘하는 1차 원정군 일부가 도착했다.

도제조 유혁연은 가가 막부와 협상하느라 아직 노토에 있었다.

1차 원정군과 함께 온 총융청 김운청은 부하들을 데리고 가고시마성 북쪽에 있는 방어선에 들어가 참호부터 개축했다.

포대에 모래를 쌓아 참호를 좀 더 강화하고 교통로와 배수로를 새로 파서 농성이 장기전으로 흐를 가능성에 대비했다.

마지막으로 철조망을 깔아 적의 기습에 대비했다.

모든 준비를 마치고 이틀쯤 기다렸을 때였다.

가고시마성의 모든 문이 일제히 열렸다.

이어 시마즈 가문의 문장이 새겨진 깃발을 쳐든 사쓰마 번 병사 1만 명이 함성을 크게 지르며 원정군 참호로 돌격했다.

그 모습을 본 조선군은 전부 고개를 절레절레 저었다.

다들 그게 어떤 행동인지 알기 때문이었다.

포장하면 죽음을 각오한 비장한 돌격이다.

그리고 포장 안 하면 그냥 헛된 개죽음이다.

막판에 몰렸을 때조차 항복을 치욕이라 여기는 왜국 사무라이 특유의 광기가 여실히 드러나는 대목이 아닐 수 없었다.

결과는 일방적인 학살이었다.

철조망 앞에서 죄다 죽어 나가 시체가 산처럼 쌓였다.

그리고 그런 시체 중에는 시마즈 쓰나히사도 있었다.

난 눈앞에 뜬 홀로그램을 보며 생각했다.

시마즈 쓰나히사도 죽었군.

에도 막부에 이어 삿초 동맹의 두 주역까지 깨끗이 정리하면서 이제 왜국에는 조선군에 대항할 세력이 없다시피 하였다.

눈엣가시를 제거했으니 속 시원할 법도 한데.

기분이 흡족하지 않은 것은 나로서도 어쩔 수 없다.

플레이어였던 모리 쓰나히로와 시마즈 쓰나히사가 남긴 전리품이 생각보다 별로여서 눈에 차지 않았기 때문이다.

둘이 합쳐 수명 3만 일이 전부였다.

그들이 남긴 스킬은 내가 보유한 스킬보다 성능이 떨어졌다.

아니면 내게 쓸모가 없거나.

아, 그래도 한 가지는 쓸 만했다.

시마즈의 퇴각! (SSS)

시마즈 요시히로는 세키가하라에서 적은 병력으로 동군의 대병력을 뚫고 퇴각에 성공했을 만큼, 저돌적인 맹장이었다.

유저가 절체절명의 위기에 처했을 때, 시마즈의 퇴각 스킬을 발동하면 레벨에 따라 탈출에 성공할 확률이 크게 올라간다.

레벨: 4

그런 일이 일어나지 않아야 할 테지만 어쨌든 절체절명의 위기에 몰렸을 때 스킬을 발동하면 한 번은 도망칠 수 있었다.

도망친다고 해서 꼭 산다는 보장은 없지만.

시마즈 쓰나히사가 죽은 시점에서 두 달이 지났을 무렵.

원정군이 조선의 역습 작전을 완료하고 귀환했다.

물론, 전부 온 건 아니다.

이와미 은광산, 사도 금광, 벳시 구리광산에 병력을 남겼다.

홋카이도와 가가 막부에도 만 명 규모의 병력이 남아 있었다.

동래읍성에서 며칠 동안 성대한 환영식과 승전 축하연을

벌인 원정군은 해단식을 마치자마자 고향으로 휴가를 떠났다.

당연히 빈손으로 보내진 않았다.

녹봉에 전투 수당과 승전 수당까지 넉넉히 챙겨 보냈다.

이젠 그렇게 해도 군 재정에 무리가 없었다.

왜국에서 쓸어 온 재물의 양이 우리 예상을 훨씬 초월했으니까.

하지만 원정군 수뇌부는 쉬지 못하고 바로 도성으로 상경했다.

왕과 조정에 따로 보고하기 위해서였다.

난 이런 좋은 기회를 그냥 지나치지 않았다.

"수군은 수로로, 육군은 육로로 올라오면서 이번 전쟁의 성과를 백성에게 자세히 홍보하시오. 민심이 곧 천심이라 했으니."

"어명을 받들겠사옵니다!"

곧 유혁연 등 훈련도감 수뇌부는 동래에서 육로를 이용해 도성으로 상경하며 백성에게 이번 전쟁의 성과를 홍보했다.

홍보 수단은 왜국의 재물과 사람이었다.

금괴, 은괴를 백성들이 잘 볼 수 있도록 마차 위에 전시했다.

또, 왜국에서 데려온 왜인 수천 명도 공개했다.

그들 대부분은 기술을 가진 기술자들이었다.

그리고 일부는 임진왜란 때 왜국으로 끌려간 도공 같은

이들의 후손으로 이번에 올 때 그들을 찾아내서 같이 데려왔다.

훈련도감의 웅장한 행렬이 고을을 지날 때마다 길가에 조선 백성이 수백, 수천 명씩 몰려나와 환호성을 크게 질렀다.

나이가 많은 이들은 너무 기뻐 통곡까지 하였다.

그도 그럴 것이, 그들은 임진왜란을 직접 겪은 세대.

당연히 감회가 남다를 수밖에 없었다.

육군이 육로를 거쳐 북상하는 동안.

수군은 군함을 타고 수로를 이용해 올라왔다.

물론, 수군은 육군과 비교해 자랑할 만한 성과가 많진 않았다.

하지만 흑선 두 척은 확실히 이목을 끌었다.

흑선은 가고시마성 앞바다에서 수영청이 어렵게 나포한 적함으로, 크기도 엄청났을 뿐 아니라 굴뚝에서 올라오는 연기가 대단해 주변 어촌 백성의 시선을 단숨에 잡아끌었다.

난 한강 변에 만든 연단에서 원정군 수뇌부를 기다렸다.

곧 날짜를 맞춰 상경한 육군과 수군이 모습을 드러냈다.

구경하던 도성 백성들이 한강이 떨릴 정도로 환호성을 질렀다.

잠시 후.

훈련도감 도제조 유혁연과 충청 수사 방오 등 원정군 수뇌부가 연단 앞으로 열을 맞춰 걸어와 절도 있게 군례를 올렸다.

난 손을 들어 답례하고 나서 수뇌부를 연회석으로 데려갔다.

연회석에는 술상이 거나하게 차려져 있었다.

"과인이 승전하고 돌아온 장군들에게 술을 한 잔씩 내리겠소!"

"성은이 망극하옵니다!"

술을 한 잔씩 돌린 뒤에 그들의 공을 치하했다.

하지만 오래 붙들고 있진 않았다.

그들도 각자 가정이 있을 테니까.

물론, 그런 행운을 누릴 수 없는 이도 있었다.

바로 원정군의 두 사령관이다.

유혁연, 방오는 나와 희정당까지 동행했다.

자리에 앉아 먼저 유혁연에게 물었다.

"가가 막부는 지금 어떤 상황이오?"

"가가 번 번주 마에다 쓰나노리가 순조롭게 쇼군으로 정식 임명되었사옵니다. 정식으로 가가 막부가 출범한 셈이지요."

"왜국에 가가 막부에 반대하는 세력은 없소?"

"사쓰마, 조슈 두 번을 빼면 도자마 번 중에서는 원래 가가 번의 세력이 가장 강했사옵니다. 거기다 마에다 쓰나노리가 발 빠르게 센다이, 요네자와 두 번과 통혼을 통해 세력을 강화하였기에 가가 막부에 대항할 세력은 거의 없사옵니다."

"에도 막부의 방계와 가신이 세운 번들은 어떻소?"

"에도성에서 큰 피해를 본 상태에서 가가 막부의 공세와

183

협박에 시달리다가 결국, 영지를 전부 가가 막부에 바쳤사옵니다."

"가가 막부는 앞으로 우리 말을 잘 들을 거 같소?"

"애초에 조선과의 밀약을 통해 막부를 세운 자들이니까 우리 의사를 무시하기 어려울 것이옵니다. 우리를 적대하는 것은 막부의 존립 근거를 부정하는 것과 같기 때문이옵니다."

"역시 도제조답게 일을 깔끔하게 처리했군."

"황공하옵니다."

난 고개를 돌려 방오에게 물었다.

"이와미, 사도, 벳시는 수군이 관리하기로 하였소?"

"그렇사옵니다."

"수군 병력이 광산에 상륙해 관리하는 거요?"

"수군은 육군 전투 훈련을 받지 않은 관계로 훈련도감에서 차출한 정예 병력을 해병대로 편성해 관리하는 중이옵니다."

"잘 처리했군."

"황공하옵니다."

"홋카이도는 어떻소?"

"홋카이도 원주민과 협력해 해안가에 성을 쌓고 있던 왜인을 쫓아낸 뒤에 돈을 주고 농사짓기 좋은 평원을 샀사옵니다."

"돈을 누구에게 줬단 거요?"

"홋카이도 원주민에게 줬사옵니다."

"계약 관련 문서는 확실히 작성해 놨소?"

"인장을 찍어 작성한 문서를 복사까지 미리 해 두었사옵니다."

"잘했군. 사람은 죽어도 문서는 남으니까."

"황공하옵니다."

난 일어나서 유혁연, 방오에게 말했다.

"둘 다 그동안 고생 많았소. 당분간은 푹 쉬면서 여독을 푸시오."

"성은이 망극하옵니다."

유혁연, 방오에게 보고받는 것으로 3차 조왜 전쟁은 끝이 났다.

물론, 그건 군에만 한정된 얘기다.

행정, 정치적으로는 아직 처리할 일이 산더미다.

난 조회를 열어 지시했다.

"삼남에서 홋카이도로 이주하길 원하는 백성을 찾아보시오. 그냥 맨몸으로 고향을 떠나 이역만리 낯선 땅에 가서 새로 시작하라고 하면 누구도 가지 않으려 할 테니까 정착금을 충분히 주고 세금도 30년 동안 전부 면제해 준다고 하시오."

이경석이 나와 대답했다.

"예, 전하."

"병조는 이번 3차 조왜 전쟁에서 전사한 전사자와 부상병을 예우하는 데 정성을 다하시오. 또, 그들의 가족이 생활하는 데 어려움이 없도록 병조판서가 직접 각별하게 신경 쓰시오."

병조판서 민정중이 나와 공손히 대답했다.

"명하신 대로 신이 직접 챙기겠사옵니다."

그 외에도 몇 가지 지시를 내린 뒤에 난 서유럽회사를 찾았다.

"오셨사옵니까?"

"오, 잘 지냈나?"

"예, 소인은 잘 지냈…….”

"연구소가 이쪽이었지?"

장현의 인사를 받는 둥 마는 둥 한 뒤에 연구소로 직행했다.

기술 연구소에서는 최석정, 최석항 형제가 왜국 기술자들과 통역을 통해 대화를 주고받으며 어떤 장치를 연구하고 있었다.

왕두석이 연구소 문간에서 뱃심을 담아 소리쳤다.

"상감마마……, 에취, 낭시오오!"

난 재빨리 왕두석과 거리를 벌리며 물었다.

"감기 걸렸어?"

"다 나앙사옵니다, 홀쩍."

"넌 좀 떨어져서 걸어와라."

"히잉."

"너 지금 애교 부리냐?"

"코강 망혀서…….”

난 고개를 절레절레 저으며 안으로 들어갔다.

나를 본 연구원들이 즉시 읍을 하며 예를 표했다.

그리고 왜인들은 임금이 직접 올 줄 몰랐던 듯 크게 긴장했다.

대부분은 고개를 바닥에 처박고 시선조차 마주치지 못했다.

저들에게 나는 아마 지옥의 사신보다 더한 놈일 거다.

직접 죽인 건 아니지만 최소 수십만 명이 내 손에 죽었으니까.

그나마 한조처럼 나를 겪어 본 왜인은 좀 나았다.

내가 그들이 전에 모시던 막돼먹은 다이묘들처럼 아랫사람이라고 함부로 대하는 사람이 아니란 걸 알고 있다.

난 먼저 바퀴와 크랭크, 굴뚝이 달린 장치로 걸음을 옮겼다.

"오, 보고가 진짜였어!"

난 눈을 크게 뜨고 장치를 자세히 관찰했다.

진짜 피스톤 방식의 증기 기관이었다.

그것도 꽤 수준이 높은.

이건 호박이 넝쿨째 굴러 들어온 수준이 아닌데.

최석정을 손짓으로 불러 물었다.

"이걸 만든 기술자들과 대화해 보았나?"

"예, 전하."

"누가 만든 거라고 하던가?"

"죽은 조슈 번 영주가 만들고 돈은 사쓰마 번이 댔다고 하옵니다."

"조슈 번 영주가 직접?"

"기술자들의 말에 따르면 조슈 번 영주가 이런 쪽에서는 자기들보다 아는 것도 많고 심지어 솜씨도 좋았다고 하옵니다."

"그렇군."

난 증기 기관을 마지막으로 한 번 더 살펴보고 나서 물었다.

"조슈 번에서 기차 운행 시험을 해 봤다고 하던가?"

"짧은 거리긴 하지만 몇 차례 해 봤다고 하옵니다."

"오, 성공했나?"

"완벽히 성공했다고 하옵니다. 다만, 항구와 하기성을 연결하는 철로를 건설해 시험해 보려는 찰나에 사쓰마 번과 전쟁이 일어나 공사가 중단되어 긴 거리까지는 시도하지 못했다고 하옵니다."

난 잠시 생각하다가 말했다.

"건설 사업부의 도움을 받아 제물포와 도성을 잇는 왕복 철도를 건설하고 증기 기관 기차를 올려 빨리 시험 운행해 보게."

"알겠사옵니다."

난 이어 옆으로 이동했다.

그곳에는 수차, 그러니까 물레방아를 이용하는 발전기가 있었다.

그뿐만이 아니었다.

발전기는 심지어 필라멘트가 든 전구에 연결되어 있었다.

내 손짓에 왜인 기술자들이 수차를 인력으로 돌렸다.

잠시 후, 발전기에 연결된 전구에서 빛이 흘러나왔다.

이건 정말 충격이군.

아마 몇 년 전이었을 거다.

조슈 번 영주가 수력으로 전기를 생산하려 한단 보고를 받은 적 있었는데 부끄럽게도 난 그때 그의 행동을 비웃었었다.

지금 기술론 절대 불가능하다고 판단했던 거다.

하지만 모리 쓰나히로는 내 예상을 비웃고 끝내 해냈다.

수력 발전기로 전기를 생산해 전구에 불이 들어오게 한 거다.

이거 쓸모없는 스킬만 줬다고 욕한 거 사과해야겠는데.

어쩌면 모리 쓰나히로에 빙의한 플레이어야말로 날, 아니 우리 조선을 다음 단계로 이끌어 줄 일등 공신이 될지 모른다.

아니, 어쩌면도 아니다.

증기 기관과 발전기라…….

에이스 카드를 두 장 들고도 이기지 못하면 그게 더 문제다.

생각지도 않았던 산업혁명이 알아서 날 찾아왔군.

하지만 여기서 만족할 순 없다.

산업혁명의 왕은 결국 발전소와 내연 기관이다.

난 누구보다 빨리 그 단계로 나아갈 거다.

그래야 끝까지 살아남을 수 있을 테니까.

내연 기관은 세 가지가 필요하다.

하나는 금속을 다루는 아주 정밀한 기술이다.

이건 최석항이 개발한 선반이 해결해 줄 수 있다.

두 번째는 높은 수준의 공학이다.

어쩔 수 없이 이번에도 도서관의 힘을 빌려야겠군.

마지막은 내연 기관의 동력으로 쓰일 연료다.

석유!

일이 이렇게 되니까 강희제의 계획이 더 끌린다.

만주에는 대경 유전과 요하 유전이 있으니까.

내 시선은 어느새 보이지도 않는 만주를 향해 뻗어 가고 있
었다.

모리 쓰나히로가 남긴 두 번째 선물은 전기다.

엄밀히 말하면 전기보단 발전기가 맞겠지.

모리 쓰나히로의 방식은 가장 원초적이면서 확실했다.

21세기 현대에서도 사용하는 발전 방법이니까.

바로 수력 발전이다.

수력은 물의 위치 에너지가 운동 에너지로 바뀔 때 생기는 힘으로 터빈을 돌려 회전 운동을 만들어 내는 것이 골자다.

쉽게 말해 폭포로 물레방아를 돌린단 뜻이다.

그러면 물레방아가 돌아가면서 연결된 축도 같이 회전한다.

인류는 전자기학을 잘 모를 때도 수력을 유용하게 써먹었다.

회전 운동을 왕복 운동으로 바꿔 주는 크랭크축, 기어 등을 이용해 곡식도 빻고 풀무질도 하고 논과 밭에 물도 대었다.

근데 이런 건 수력을 이용한 거지, 발전은 아니다.

발전은 전기를 생성한단 뜻이니까.

여기서 전자기학이 등장한다.

간단히 설명하면 이렇다.

물레방아의 축에 영구자석을 감고 그 주위를 코일로 감싼다.

그러면 물레방아가 돌 때 영구자석도 같이 회전하는데, 이때 내부에 전위차가 발생하여 코일에 유도 전류가 흐르게 된다.

모리 쓰나히로는 이 유도 전류가 흐를 수 있는 전선을 만들고 그걸 다시 필라멘트로 만든 전구에 연결해 불을 밝혔다.

엄청난 발명이다.

아니, 발명보단 재현이 더 맞겠지만.

아무튼 수력 발전은 이 발전기를 거대한 형태로 키워 전구 하나가 아니라, 도시와 공장에 전기를 공급하는 발전 형태.

이를 유의미하게 하려면 세 가지가 필수인데, 첫째로 충분한 수력을 들 수 있다.

물레방아 하나를 돌리는 데는 시냇물이면 충분하다.

반면 도시에 전기를 공급하기 위해선 거대한 강이 필요하다.

그것도 단순한 강이 아니라, 물이 빠르게 흐르는 강이.

아니면 자연적으로 생긴 거대한 폭포가 있거나.

하지만 한반도에는 둘 다 없다.

그래서 강에 댐을 짓는 방법이 가장 최선이다.

두 번째는 수력 발전용 대형 발전기다.

이런 어린애 장난감처럼 보이는 조악한 발전기가 아니라, 사람보다 훨씬 큰 터빈으로 만든 초대형 발전기가 필요하다.

당연히 제작하려면 어마어마한 양의 철이 필요하다.

세 번째는 전선과 변전소다.

변전소는 그렇다 쳐도 전선은 구리와 고무가 필수다.

난감한 것은 구리야 왜국 벳시 광산에서 가져오면 되는데 고무는 그렇지 않다는 거다.

고무나무에서 천연고무를 추출하는 방식은 쓰기 어려우니까.

일단 고무나무는 아메리카 대륙이 원산지인데 그걸 동남아 열대 지방에 식목해 천연고무를 추출하려면 몇십 년이 걸린다.

그렇다면 합성고무를 써야 한단 뜻인데 역시 쉽지 않다.

석유를 정제하지 않으면 재료를 얻을 수 없으니까.

만주를 얻어야 하는 또 하나의 이유다.

물론, 처음부터 수력 발전소를 세워 공장을 돌릴 생각은 아니다.

일단 짓고 나서 문제점을 파악하는 방법보다 작게 시작해서 규모를 늘리는 방식이 훨씬 더 효율적이고 직관적이니까.

난 최석항에게 물었다.

"선반은 얼마나 완성됐어?"

"마무리만 남았사옵니다."

"둘째 처남은 선반 개발을 마치는 대로 강남에 연구소를 세워. 도성 안에서는 발전에 필요한 물을 끌어다 쓰기 힘드니까."

"그러면 그 연구소는 전력 연구소가 되는 것이옵니까?"

"그렇지. 거기서 수력 발전을 본격적으로 연구하는 거지. 그러다 보면 언젠간 팔당과 소양강에 댐을 짓고 전기를 생산해 도성에 공급하는 엄청난 일이 일어나지 않겠어?"

"소생은 듣기만 해도 가슴이 벅차오르옵니다."

"그건 이 매제도 마찬가지야."

난 이어 최석정도 불러 비슷한 지시를 내렸다.

"과인이 적극적으로 도와줄 테니까 큰 처남은 증기 기관을 연구해서 발전시켜 봐. 그리고 기술력을 충분히 쌓았을 때, 증기가 아니라 석유를 쓰는 내연 기관 엔진을 개발하는 거지."

최석정, 최석항 둘 다 선포전에서 내게 직접 교육받았다.

그래서 석유나 엔진, 터빈 같은 용어를 어색해하지 않았다.

최석정이 이런 물음을 꺼낸 것도 그런 이유고.

"석유를 구할 방법은 있으시옵니까?"

"지금은 없지만 곧 생길 거야."

"알겠사옵니다."

난 다음 날부터 다시 수명을 소비해 도서관에서 책을 빌렸다.

3차 조왜 전쟁에서 수명을 꽤 벌었기에 타격은 크지 않았다.

희정당에서 두문불출하며 작성한 전문 서적은 곧장 기술 연구소, 전력 연구소에 전해져 전력과 내연 기관 연구에 쓰였다.

다음 차례는 화기 연구소였다.

전쟁이 끝난 후, 서유럽회사 연구소에 재원과 인력을 집중적으로 투자한단 계획이 즉흥적으로 이루어진 일은 아니었다.

아마 전기와 증기 기관이 없었어도 똑같이 했을 거다.

이유는 명확했다.

몇 년 뒤면 조선은 성장을 멈추고 겨울잠을 자야 한다.

아마 처음 겪는 길고 혹독한 겨울일 거다.

하지만 인생사처럼 혹독한 겨울도 영원히 지속되진 않는다.

역사적인 근거에서 보면 길어야 3년일 거다.

즉, 3년만 버티면 따뜻한 봄이 찾아온단 뜻이다.

그러나 난 그 3년을 헛되이 보내고 싶진 않았다.

3년이 지나 다시 봄이 찾아왔을 때, 그동안 겨울잠을 자며 쌓은 저력으로 조선이 단숨에 폭발적인 성장을 이루길 원했다.

연구소 투자는 그런 이유로 이미 계획되어 있었다.

다만, 전기와 증기 기관이란 변수만 예상 못 했을 뿐이다.

뭐 변수라기보다는 뜻밖의 행운이란 표현이 더 맞을 테지만.

어쨌든 화기 연구소에 들러 박영준과 카시니를 만났다.

그리고 그곳엔 한조도 있었다.

한조는 이미 귀화를 마친 상태였다.

말도 많이 늘어 통역 없이 일상 대화가 가능했다.

"한조는 이름을 어떻게 하기로 했나?"

"기존 이름을 계속 쓰기로 했사옵니다."

"그러면 성이 한씨가 되나?"

"예, 전하. 신농이란 본관을 쓰는 한씨에 이름은 조이옵니다."

"신농은 어디서 나온 거지?"

"소인이 태어난 데가 시나노란 곳인데 한자로는 신농이옵니다."

"아, 다 이유가 있었구만."

"그렇사옵니다."

"자네가 왜인 대장장이, 목수들의 대장 노릇을 한다지?"

한조가 놀라 손을 저었다.

"오해시옵니다. 그저……."

"왜 그렇게 놀라지?"

"이곳 사정을 모르는 이들이 소인을 의지하는 바람에 좀 도와준 것뿐이지, 파벌 같은 걸 만들 생각은 꿈에도 없사옵니다."

"하하, 과인의 말을 곡해한 듯하군."

"무슨 말씀이신지 잘 모르겠사옵니다."

"과인이 대장 노릇 하느냐고 물은 이유는 우리 연구소 직원들보다 자네가 왜인들을 더 잘 알 수밖에 없기 때문이었네."

"아!"

"왜인 대장장이와 목수들 사이에서도 실력 차가 있지 않겠나?"

"그렇사옵니다……."

"과인은 자네가 뛰어난 이들을 따로 선발해 주면 좋을 거 같아서 물어본 걸세. 과인의 눈에 찰 만한 그런 자들을 말이지."

그제야 한조의 얼굴에서 긴장이 좀 가셨다.

"눈여겨본 이들이 몇 명 있긴 하옵니다."

난 표정을 굳히며 경고했다.

"친하거나 같은 고향 사람이라고 뽑아선 안 되네."

한조가 다시 긴장해 대답했다.

"그, 그런 일은 절대 없사옵니다. 맹세하옵니다."

다음 날.

한조가 나이가 젊고 눈빛이 아주 선명한 다섯 명을 데려와 한 명씩 인사시키며 그들의 특기를 설명했다.

"에도 막부 출신 대장장이인 다이라는 힘이 세고 쇠를 다루는 감각이 아주 뛰어나 포신과 유탄 제조가 특기이옵니다."

난 고개를 끄덕이며 카시니에게 말했다.

"다이라는 대구경 화기 담당인 카시니 과장이 맡으면 되겠군."

"예, 전하."

다이라는 곧 카시니 옆에 가서 섰다.

한조가 이어 서로 닮은 사내 두 명을 가리켰다.

"이 츠카사와 마사는 형제 사이인데, 조슈 번에서 증기 기관 만드는 일을 쭉 해 와서 그쪽으로 아주 해박하옵니다."

"증기 기관이라……. 그럼 형제는 한조 자네에게 맡기지."

"예, 전하."

한조가 마지막 남은 두 명을 가리키며 말했다.

"미나미와 무카이, 이 두 친구는 사쓰마 번에 있을 때, 증기 기관이 들어간 흑선을 건조하는 데 큰 공을 세웠사옵니다."

"그러면 미나미, 무카이 두 명은 잠시 밖에 나가 있으라고 하게. 그들은 내일 흑선이 있는 항구로 이동해야 할 테니까."

"알겠사옵니다."

한조가 뭐라 말하자 미나미와 무카이가 절하고 밖으로 나갔다.

난 박영준, 카시니, 한조, 다이라와 츠카사, 마사 형제를 모았다.

"박 부장은 앞으로 참수리 개발에 전념하게."

"예, 전하."

박영준이 긴장한 표정으로 머리를 조아렸다.

참수리는 기관총을 의미하는 코드명이다.

보라매에서 송골매까지 이어지며 개인 화기는 완성을 보았지만, 소대나 중대를 지원할 마땅한 지원하기가 부족했다.

그래서 이를 타개하기 위한 프로젝트가 바로 참수리다.

난 이어 카시니와 다이라를 보며 말했다.

"두 명은 신형 화포인 벼락을 개발하면서 포탄을 기존에 쓰던 구 형태가 아니라, 송골매에 쓰는 금속 탄환 형태로 만들게."

"알겠사옵니다."

고개 숙이는 카시니와 다이라를 뒤로하고.

난 마지막으로 한조와 츠카사, 마사에게 말했다.

"너희 세 명이 만들어야 할 무기는 솔개란 거다. 그게 뭔지 지금은 감이 안 잡히겠지. 박 부장."

"예, 전하."

"이들에게 솔개를 설명하게."

박영준은 솔개의 설계도를 보여 주면서 어떤 무긴지 설명했다.

솔개도 조선군이 무기에 붙인 코드명으로, 진짜 정체는 분대, 소대, 중대의 공격력을 크게 끌어올릴 수 있는 박격포다.

야포는 무거워서 기동이 느리고 이동할 때 환경도 중요하다.

어떤 지형에선 아예 기동조차 불가능하다.

하지만 박격포는 그런 제약이 없다.

보병이 짊어지고 이동할 수 있어 기동이 아주 편하다.

지원용인 기관총과 역할이 겹칠 거 같지만 그렇지도 않다.

기관총은 소총보다 훨씬 많은 총알을 빠르게 쏟아붓는 총이다.

즉, 소총의 범주에서 크게 벗어나진 않는단 뜻이다.

그래서 적이 참호나 엄폐물 뒤에 숨으면 타격할 방법이 없다.

하지만 박격포 포탄은 하늘에서 떨어지기 때문에 조준만 잘하면 참호 위나 엄폐물 뒤를 효과적으로 타격할 수 있다.

군에서 기관총만큼이나 박격포를 중시하는 이유다.

한참 설명을 듣고 나서 한조가 물었다.

"이 솔개란 무기를 개발하면 되는 것이옵니까?"

"일단은."

"그러면 뭐가 더 있사옵니까?"

난 여섯 명을 둘러보며 말했다.

"참수리, 벼락, 솔개를 완성한 다음에는 불곰을 개발해야 한다."

난 불곰이 뭔지 설명했다.

불곰은 간단히 말해 전차, 즉 탱크다.

저번 전쟁에서 화포를 바퀴 달린 수레에 장착한 병기를 화포 전차란 이름으로 부르긴 했다.

그러나 실상은 병사들이 그 안에 들어가서 끌고 당기고 미는 원시적인 무기 형태에 가까웠다.

반면 전차는 다르다.

강력한 출력을 발휘하는 내연 기관을 장착해서 만든 전차야말로 현대적인 의미에서의 전차, 즉 탱크라고 부를 수 있다.

"너흰 각자 맡은 프로젝트를 진행하다가 기술 연구소에서 내연 기관 엔진을 완성하면 그걸 장착해 전차를 개발해야 한다."

"……."

"물론, 지금부터 너무 걱정할 필욘 없다. 과인도 단시간에 개발하는 게 불가능하다는 걸 아니까. 이는 장기간 진행해야 할 프로젝트라는 뜻이다. 다만 확실한 목표를 미리 정해 두지 않으면 흐지부지되는 때가 많아 이리하는 것이다."

"예, 전하."

난 밖에서 기다리던 미나미, 무카이는 제물포 조선소로 보냈다.

두 사람이 조선 사업부 순구와 힘을 합쳐 기존 군함은 흑선으로 개조하고 건조가 예정된 군함은 처음부터 흑선으로 건조하면 조선의 수군 능력은 한층 더 올라갈 게 분명하다.

그러면서 낡은 군함을 퇴역시키면 정말 대양 해군도 가능하다.

이제 육군과 수군의 갈 방향이 정해졌다.

물론 아직 갈 길이 멀다.

조선군은 이제 육, 수군의 이군 체제가 아니니까.

저번 전쟁에서 창설된 공군의 문제가 남아 있었다.

공군 쪽의 무기를 연구할 연구진은 턱없이 부족했다.

열기구를 제작한 최석정 형제가 있긴 하지만 다른 프로젝트를 진행 중이라 그들에게 공군 무기까지 맡기기는 무리다.

하는 수 없지.

똑똑하고 진취적인 젊은 인재들에게 기대를 걸어보는 수밖에.

난 예조판서 김좌명을 불러들였다.

예조는 하는 일이 많다.

우선 타국과의 외교를 전담하는 관청이 예조다.

거기다 왕실 관혼상제를 주관하고 종묘, 사직에 제례를 올리는 일처럼 국가의 중요한 의식과 행사 또한 예조가 전담한다.

근데 예조엔 외교만큼이나 중요한 업무가 하나 더 있는데.

바로 백성을 가르치는 교육이다.

귀가 닳도록 교육은 백년지대계란 말을 들어 왔을 거다.

하지만 교육하는 이유엔 인재 양성 목적만 있지 않다.

백성에게 법과 도덕을 가르치는 일 또한 교육이 한다.

모든 백성이 고등 교육을 받는다고 해서 범죄자가 전혀 안 생기는 건 아니지만 그 비율을 전보다 현저히 낮출 순 있다.

그리고 범죄가 줄어들면서 발생한 이익은 투자한 비용의 몇 배에 해당해 이보다 크게 남는 장사는 없다고 봐야 한다.

거기다 사회가 전체적으로 안정되는 거는 덤이다.

정세가 불안해 쿠데타가 반복되는 나라들을 봐라.

대부분 국민이 교육을 제대로 받지 못해 생겨난 악순환이다.

난 김좌명에게 물었다.

"현재 백성 교육은 어떻게 진행되고 있소?"

"몇 년 전에 지시하신 대로 향교가 기초 교육, 서원이 중등 교육, 그리고 성균관이 고등 교육을 각각 맡고 있사옵니다."

"숫자는 얼마나 늘었소?"

"현재 향교는 54곳, 서원은 22곳, 성균관은 총 10곳이옵니다."

"건물은 어떻게 충당했소?"

"향교와 서원은 기존에 쓰던 것들을 최대한 활용하고 있사온데, 그래도 모자란 곳은 새로 짓는 중이옵니다. 특히, 지방에 있는 성균관은 전부 새로 지은 거나 마찬가지이옵니다."

"그렇군. 학교에선 뭘 가르치오?"

"향교에선 국어, 수학, 과학, 도덕, 역사 다섯 과목을 기본으로 가르치고 있사옵니다. 그리고 서원에선 외국어와 사회, 정치, 경제, 윤리 등을 추가해 가르치고, 성균관에선 의학, 법학 등 제반 지식이 필요한 학문을 가르치고 있사옵니다."

"교재는 어떻소?"

"전하께서 선포전에서 학생을 가르칠 때 처음 만드신 교재를 기본으로 몇 번 개정을 거쳤는데 아주 훌륭하옵니다."

"교사 수급에는 문제가 없소?"

"지금은 사실 많이 부족하옵니다. 어떤 향교에서는 선생 서너 명이 수백 명의 학생을 가르치고 있다고 들었사옵니다. 하지만 전국에 있는 성균관의 사범대학 규모를 확장했기 때문에 2, 3년만 지나면 상황이 전보다 좋아질 것이옵니다."

난 고개를 끄덕였다.

"예판 대감이 잘하고 있는 거 같군."

"황공하옵니다."

"과인이 대감을 따로 부른 이유는 교육이 어떻게 되고 있나 알아보려는 의도도 물론 있었지만, 그보다는 서유럽회사 연구소에서 어려운 연구를 맡아 줄 인재를 찾기 위해서였소."

"성균관에서 매년 특출한 성적을 내며 졸업한 인재들이 서유럽회사에 취업하고 있는데도 연구원이 부족한 것이옵니까?"

"이건 몹시 어려운 연구라서 수재론 어림없소. 최소 천재는 되어야 할 수 있는 일이지. 하지만 지금 성적 평가 방법으론 수재나 영재는 찾을 순 있어도 천재를 가려내지 못하오."

"그러면 어떻게⋯⋯?"

난 옆에 시립해 있던 홍귀남에게 고개를 끄덕였다.

홍귀남이 바로 종이 서류 몇 장을 김좌명에게 건넸다.

김좌명은 서류를 받아 재빨리 읽어 보았다.

잠시 후, 김좌명이 고개를 들었다.

"이게 무엇이옵니까?"

"과인이 직접 만든 지능 검사 시험 문제요."

"지능 검사면 누가 더 똑똑한지 알아보는 검사란 말이옵니까?"

"그렇소."

"이런 검사법이 있다니……, 신기하옵니다."

"물론, 시험 결과를 과신해선 안 되오. 시험에서 높은 점수를 받았다고 해서 그 학생이 꼭 똑똑하리라는 법은 없으니까."

"무슨 뜻으로 하신 말씀인지 알겠사옵니다."

"반대도 마찬가지일 거요. 창의력 같은 경우는 시험으로 좋은지, 나쁜지 판단하기가 몹시 애매한 부분이니까. 하지만 지능이 높을수록 높은 수준의 학문 성취를 이룰 확률이 높아지는 건 사실이오. 예조가 성균관 재학생을 대상으로 지능 검사 시험을 쳐 높은 성적을 거둔 100명을 선발해 보시오."

"바로 시행하겠사옵니다."

난 돌아가려는 김좌명에게 물었다.

"아직 돌아오지 않고 있는 아들이 걱정되진 않소?"

"나라를 위해 하는 일인데 어찌 자식 걱정을 하겠사옵니까. 오히려 못난 자식이 전하의 대계를 망칠까 봐 두렵사옵니다."

"알겠소."

석 달 후.

창덕궁 인정전 앞에 선발된 성균관 학생 100명이 집결했다.

난 학생들의 프로필을 읽어 보았다.

섬인 제주는 물론이거니와 동북면 국경인 경흥 출신도 있었다.

이게 과거였다면 전혀 달랐을 거다.

함경도는 반란을 일으킨 역향이어서 차별을 받아 왔다.

제주도야 더 말할 것도 없다.

근데 신분제를 없애고 누구나 입학할 수 있는 학교를 세운 덕분에 누구든지 자기 뜻을 펼칠 최소한의 기회를 얻었다.

물론, 아직 고쳐 나가야 할 점이 산더미처럼 많았지만.

난 인정전 계단으로 나아갔다.

"상감마마 납시오!"

왕두석의 외침에 학생들이 인정전 뜰 바닥에 엎드렸다.

난 감식안 스킬을 켜고 학생들을 찬찬히 훑어보았다.

"5번, 33번, 78번, 87번, 99번 학생을 데려와라."

"예, 전하."

곧 학생 다섯 명이 긴장한 얼굴로 내 앞에 섰다.

난 먼저 99번 학생에게 물었다.

"이름이 뭔가?"

"정제두라 하옵니다."

"정제두?"

"예, 전하."

"혹시 정승을 역임한 정유성 대감의 손자인가?"

"그렇사옵니다."

"사촌 형이 내 누이인 숙휘공주의 부군인 정제현이고?"

"맞사옵니다."

"지금은 성균관의 무슨 과에 재학 중인가?"

"도성 성균관의 철학과에 재학 중이옵니다."

"철학?"

"그렇사옵니다."

난 혹시나 해서 다른 학생에게도 물어보았다.

"다들 무슨 과더냐?"

근데 대답이 영 실망스러웠다.

철학과 둘에 행정학과 둘이란다.

철학과에선 당연히 유학이 메인이다.

그리고 행정학은 관직에 진출하기가 쉽다.

행정학과에서 가르치는 내용이 곧 관원 채용 시험 내용이니까.

즉, 조선의 인재들은 여전히 가학인 유학을 계승하거나 조정 출사에만 관심이 있을 뿐, 이공계를 기피하고 있던 거다.

숫자를 다루거나, 손에 기름 묻히는 일을 천하게 여기는 조선시대 풍습이 아직 우리 사회에 뿌리 깊게 남아 있단 증거다.

별로 좋은 풍습은 아니다.

그렇다고 내가 인문학을 경시한단 뜻은 아니다.

인문학이 발전하면 민족의 문화적인 성취가 높아진다.

또, 이 세상 모든 학문이 다 철학에서 나온 거란 말도 있듯이 산업혁명도 어찌 보면 계몽주의의 산물일 수 있다.

하지만 결국 백성을 먹여 살리고 국가를 외적으로부터 보호하는 일을 어떤 학문이 하는가 따져 보면 과학과 기술이다.

그런 점에서 조선이 중세 국가에서 근대 국가로 완벽히 도약하기 위해선 뛰어난 인재들이 당분간 인문학이 아닌, 과학과 기술 쪽에 투신해야 했다.

물론, 지금 당장 그렇게 만들 순 없다.

하지만 한 세대에서, 두 세대 정도 지나면 과학과 기술의 중요성을 깨닫는 인재들이 생기기 시작할 거다.

그리고 그 인재들에게 좋은 대우를 해 준다면 조선은 장차 과학, 기술 강국으로 거듭날 수 있을 거다.

난 그들을 돌려보내려다가 혹시나 해서 물었다.

"자네들은 졸업하면 뭘 할 생각들이지?"

한 명씩 돌아가며 대답했다.

"관원 채용 시험을 볼 생각이옵니다."

"고향에 돌아가 가학을 계속 이어 나갈 것이옵니다."

그때, 정제두가 마지막으로 대답했다.

"소생은 서유럽회사 기술 연구소에 들어가려고 준비 중이옵니다."

"방금 뭐라 했느냐?"

혹시 잘못 들었나 싶어 다시 물으니 긴장한 정제두가 떨리는 목소리로 대답했다.

"서유럽회사 기술 연구소에 들어가기 위해 준비를……."

"기술 연구소의 어느 부서를?"

"개발 분야이옵니다."

기술 연구소는 개발과 제작, 두 파트로 나뉘어 있다.

그중 개발은 원천 기술을 연구해 프로젝트를 수행하는 파트다.

제작은 말 그대로 프로젝트 결과물을 실제로 만드는 파트고.

즉, 개발은 과학자를, 제작은 엔지니어를 뽑는다.

"개발 부서라……, 철학과인 자네가 어떻게 통과한단 거지? 연구소에 들어가기 위해선 수학과 물리, 화학 시험에서 일정 이상의 점수를 얻어야 할 텐데?"

"부전공으로 수학과 물리를 공부했사옵니다."

"대단하군. 한데 부전공으로 수학과 물리를 택한 이유가 있나?"

"서유럽회사 기술 연구소 소장인 최석정의 권유를 받았사옵니다."

"오, 처남과 친구인가?"

"어렸을 때부터 교분을 나눈 친우이옵니다."

"처남이 수학과 물리를 공부하라 권한 이유도 말해 주었는가?"

"부국강병은 결국 과학 기술에서 나온다고 하였사옵니다."

"자네는 그 말을 받아들였고?"

"그렇사옵니다."

"이제야 뭔가 그림이 그려지는군."

난 공대 출신이거나, 아니면 정제두처럼 부전공으로 과학과 공학을 전공한 수재 20여 명을 모아 팀을 하나 만들었다.

물론, 팀장은 정제두였고.

팀 이름은 항공 연구소로 정했다.

농업, 기술, 화기에 이어 네 번째 연구소가 생긴 거다.

항공 연구소는 앞으로 열기구, 비행선, 글라이더 등을 연구하다가 내연 기관이 나오면 동력 비행기를 개발할 계획이었다.

항공 연구소 설립을 끝으로 조왜 전쟁과 관련한 모든 일이 성공적으로 끝나 국가 체제를 정비하는 데 집중할 수 있었다.

난 희정당으로 법 개정을 맡은 대신들을 불러 모았다.

곧 삼정승과 허적, 윤선도 등이 입실했다.

난 그들이 앉길 기다렸다가 물었다.

"새로운 법전은 얼마나 완성되었소?"

영의정 이경석이 대답했다.

"형법은 거의 끝났사옵니다."

"법전을 가져왔소?"

허적을 따라온 윤증이 형법 법전을 바쳤다.

형법의 양은 방대했다.

손가락 길이만 한 두께의 책이 10여 권이나 된다.

이렇게 된 데는 법이 아주 세세한 지점까지 다뤄서다.

가령 공공장소에서 술을 먹거나, 대소변을 아무 데서나 봐도 경범죄에 해당해 노역 일수가 따로 정해져 있을 정도였다.

좋게 말하면 강력한 법치를 실행하겠단 의지의 발로다.

나쁘게 보면 경찰국가로 만들려는 시도처럼 보일 수도 있고.

형량도 대폭 올라갔다.

절도, 폭행과 같은 범죄도 최소 10년 이상의 형을 받게 해났다.

당연히 강도, 강간, 살인과 같은 중범죄의 경우는 그보다 훨씬 더 세서 최소 형량을 노역 30년으로 법에 못 박아 놨다.

이 두 가지 조치는 세 가지 목적을 노리고 도입되었다.

첫 번쨴 잡아서 조사해 봤더니 이미 다수의 동종 전과가 있는 전과 10범이었단 소리가 절대 나오지 않게 하기 위해서다.

두 번쨴 합의했다거나, 반성문을 잘 써서 개전의 여지를 보여 주었기에 감형해 준단 개소리를 사전에 차단하기 위해서다.

그리고 마지막 세 번째는 빈부 격차, 혹은 지위 고하에 따라 형량이 제멋대로 고무줄처럼 늘어나는 것을 막기 위해서다.

난 형법을 살펴보고 나서 지시했다.

"보완할 점이 몇 군데 있긴 하지만 뼈대는 얼추 세운 거 같 군."

이경석이 물었다.

"어떻게 하시겠사옵니까?"

"새 형법을 오늘 날짜로 반포하시오!"

"알겠사옵니다."

그때, 우의정 송시열이 나섰다.

"전하, 새 형법의 취지는 신도 알겠사옵니다. 하오나 물이 너무 맑으면 물고기가 살지 않는단 말처럼 법도 너무 엄하면 사회가 경직되고 백성이 불만을 가질 위험이 있사옵니다."

"과인도 그런 생각을 하지 않은 건 아니오. 하여 이참에 백 성의 불만을 가라앉힐 수 있는 정책을 같이 시행할 생각이 오."

"어떤 정책이옵니까?"

"거주를 이전할 자유, 직업을 선택할 수 있는 자유, 그리고 종교를 선택할 수 있는 자유를 허락할 생각이오. 이렇게 하면 법은 더 엄해졌을지 몰라도 범죄를 저지르지 않으며 살아가 는 평범한 백성은 더 많은 혜택을 누릴 수 있을 거요."

송시열이 고개를 들어 나를 직시했다.

마치 눈에서 레이저가 나오는 거 같았다.

미리 마음의 준비를 했음에도 움찔할 정도였다.

송시열이 몸까지 부르르 떨며 외쳤다.

"백성에게 종교를 선택할 자유를 허락하신다는 말은 나라에서 불교의 포교를 공식적으로 용인하시겠다는 뜻이옵니까?"

"불교도 종교의 하나니까……, 당연하지 않겠소?"

내 말이 끝나기 무섭게 찬바람이 분 거처럼 실내가 싸해졌다.

　　송시열의 목소리가 절로 격해졌다.

　　"전하, 아뢰옵기 황공하오나 불교의 포교를 허락하신단 것은 불교가 저지른 고려조 패악을 고스란히 이 땅에 재현하겠단 뜻과 같사옵니다. 이는 독약을 먹어도 죽지 않았으니까 한 번 더 삼키겠단 우둔한 발상이옵니다. 통촉해 주시옵소서."

　　"유교든, 불교든, 아니면 그 외 다른 종교든 명과 암이 존재하는 법이오. 더욱이 이제 조선의 통치 수단은 종교가 아니라 법이오. 법 제도를 제대로 정비하면 종교의 자유를 시행했을 때 생기는 여러 가지 폐단을 막을 수 있다고 생각하오."

　　"법은 만능이 아니옵니다. 오히려 법이 강할수록 사이비를 믿는 자들은 그들의 간악한 실체를 숨기고 백성들 속으로 더

깊이 숨어들어 화를 피할 것이옵니다. 그땐 그들을 찾아내 솎
아 낼 방법도 없을 테니 조선은 기둥이 아니라, 기반부터 썩
어 무너질 것이옵니다. 부디 통촉해 주시옵소서, 전하!"

"사이비가 문제라면 오히려 나라에서 관리하기 쉽소. 나라
가 심사를 거친 종교에만 포교를 승인하고 그 외 종교는 전부
사이비라 지정한다면 백성이 먼저 사이비를 경계할 거요."

종교의 자유는 어쨌든 허락할 수밖에 없다.

국가가 백성의 신앙에 간섭하지 않는 거야말로 근대에서
현대로 도약하는 데 필요한 중요 요건 중 하나이기 때문이다.

사실 지금까지 조선은 그냥 운이 좋았을 뿐이다.

유럽과 중동의 경우를 살펴도 그렇다.

가톨릭과 이슬람이, 구교와 신교가, 그리고 시아파와 수니
파가 수백 년 동안 서로 셀 수 없을 정도로 많은 피를 흘리고
나서야 어느 정도 진정 국면에 들어갈 수 있었으니까.

반면, 조선을 장악한 유교는 곧장 숭유억불 정책을 시도했
다.

그리고 결국 성공해 250년 동안 기득권을 유지했다.

만약, 그때 불교계가 유럽과 중동의 다른 종교들처럼 불만
을 품고 반란을 일으켰다면?

조선 역시도 최소 수십 년 동안 종교 전쟁을 치렀을 거다.

종교 전쟁이 일어나지 않은 이유는 복합적이다.

유교가 절을 태우고 승려를 학살하는 데까진 가지 않아서
일 수도 있고 불교의 교리가 다른 종교와 달라서일 수도 있

다.

어쨌든 그 덕분에 조선은 종교로 인해 큰 분란이 생긴 적은 없다.

물론, 지금까지는 말이다.

여기서 100년만 더 지나도 서학이란 이름의 천주교가 들어와 박해가 일어나고, 그 박해를 피하고자 외세의 힘을 빌려 조선을 무너트리겠단 신도가 나타나는 아비규환이 펼쳐진다.

내가 종교의 자유를 허락하려는 이유는 일양에게 약속한 시일이 다가와서이기도 하지만, 미래에 있을지도 모르는 종교 분란을 내 선에서 깔끔하게 처리해 두고 싶었기 때문이다.

그러면서 백성의 고혈을 빨아먹고 성장하는 사이비가 이 땅에 절대 자리 잡지 못하도록 미리 단속도 해 두고 말이야.

당연히 반발이 있을 거라 예상했다.

하지만 이렇게 강경할 거라고는 예상 못 했다.

신분제, 노비제, 지주제 혁파까진 참을 수 있어도 유교가 다른 종교와 밥그릇 싸움을 하게 놔둘 수는 없다는 뜻일까?

송시열은 씨알도 먹히지 않자 공격 방법을 바꾸었다.

"전하께선 10년도 안 되는 짧은 세월 동안, 수많은 업적을 쌓으셨사옵니다. 이 땅에 존재한 모든 왕조를 통틀어도 전하와 비견될 만한 군주는 몇 없을 것이옵니다. 하지만 연이은 성공은 군주에게 독이 될 수도 있음을 아셔야 하옵니다."

"무슨 뜻이오?"

"본인의 능력을 과신한 나머지 충언하는 대신을 멀리하고 모든 정책을 독단으로 결정하신다면 이는 패도로 가는 지름길이옵니다. 그리고 그것은 재위 초반에는 현명한 정치를 하던 군주들이 결국 폭군으로 남는 이유이기도 하옵니다."

이경석이 분기탱천해 소리쳤다.

"폭군이라니! 그건 너무 지나치지 않소!"

조경도 같은 생각이었다.

"우상 대감, 어서 전하께 사죄드리시오."

난 손을 들었다.

"괜찮소."

이경석과 조경을 말린 뒤에 송시열에게 물었다.

"그러면 우상은 과인이 어떻게 해야 한다고 보시오?"

"정책을 실행하기에 앞서 대신들과 충분한 논의를 거치시는 과정이 필요하옵니다. 그렇게 해야만 정책의 잘못된 부분은 바로잡고 좋은 점은 강화해 조선에 진정으로 도움이 되는 정책을 만들 수가 있사옵니다. 부디 유념해 주시옵소서."

"과인이 그렇게 하지 못하겠다면?"

"조선에 충신이 얼마나 있는지 알게 되실 것이옵니다."

"충신이라……. 재밌는 말이군. 좋소. 계속 반대해 보시오."

다음 날.

서인과 남인 소속 관원이 파업과 시위에 들어갔다.

그리고 지방에 있는 유생들도 전부 올라와 시위에 합류했다.

신분제와 지주제는 혁파되었지만, 유학을 배우고 가르치는 유생까지 사라진 건 아니어서 그 수가 거의 수만에 달했다.

한마디로 조선의 모든 유생이 상경해 시위에 동참한 거다.

"통촉하여 주시옵소서!"

"통촉하여 주시옵소서!"

"통촉하여 주시옵소서!"

열린 창문 틈으로 들려오는 시위 소리에 한숨을 살짝 쉬었다.

마침 중국 관련 일로 희정당에 들른 강대산이 조용히 권했다.

"홍제원 때처럼 하심이 어떻겠사옵니까?"

"요원을 시위대 안에 심어서 분란을 일으킨 뒤에 쓸어버리자?"

"그렇사옵니다."

"그러면 송시열이 말한 대로 정말 폭군이 되는 거겠지."

1차 제안이 거절되자 강대산은 즉시 다른 방법을 꺼내 들었다.

"그렇다면 저들이 제풀에 지치길 기다리심이 좋을 듯하옵니다."

"제풀에 지치긴 할까?"

"아무리 좋은 의도를 가지고 있다고 하더라도 결국, 백성

의 지지를 끌어내지 못하는 시위는 흐지부지되기 마련이옵
니다."

"그게 정석에 가까운 대책이긴 하지."

"하오면 그렇게 진행을……."

"하지만 거기엔 문제가 하나 있어."

"어떤 문제이옵니까?"

"나에게, 아니 조선에 남은 시간이 많지 않단 문제지."

강대산이 눈을 번뜩이며 물었다.

"기근 대책 말이옵니까?"

"그래, 기근 대책. 조정 관원이 일을 하지 않으면 기근 대책
을 실행할 수가 없어. 그게 이번 일은 오래 끌어선 안 되는 이
유야."

"그렇다면 용호군에서 분란을 일으키지 않고도 시위대를
빨리 해산시킬 수 있는 묘안을 찾아서 곧 보고드리겠사옵니
다."

난 고개를 저었다.

"아니, 이미 대책은 있어."

"어떤 대책이옵니까?"

"자네도 권력은 다른 이와 나눌 수 없다고 생각하나?"

"예로부터 권력은 부자지간에도 나누지 않는단 말이 있는
데, 하물며 신하와 권력을 나누려 하는 군주가 있겠사옵니
까?"

"그래, 지금 시대에선 그게 당연한 인식이겠지."

"그러면 미래에는 달라질 수도 있단 뜻이옵니까?"

난 희정당 창문을 닫고 의자에 앉았다.

강대산도 따라와서 반대편에 착석했다.

상선이 놓아둔 커피를 들이켠 나는 나지막이 물음을 던졌다.

"우리가 교육에 많이 투자한다는 건 알고 있겠지?"

"알고 있사옵니다."

"교육엔 여러 장점이 있어. 국가적으로 보면 인재를 육성하고 범죄를 줄이는 장점이 있고, 백성의 측면에서 보면 빈곤에서 벗어나거나 자아를 실현할 기회를 제공받을 수 있지."

"하지만 전하께서 말씀하시려는 건 단점이겠지요?"

"강 대장은 과인을 잘 아는군."

"전하를 모신 햇수가 소관도 이제 꽤 되옵니다."

"맞아. 단점이라고 하긴 뭣하지만 그런 점이 있긴 하지."

"무엇이옵니까?"

"지금의 왕조 정치 체제에선 극단적으로 말해 백성이 멍청할수록 좋아. 그래야 순순히 따르거든. 하지만 백성의 교육 수준이 높아져 자기 생각이란 걸 하게 되면 상황이 달라지지."

한 줌도 안 되는 왕실이 왜 우리를 다스려야 하지?

왕실 따윈 없어도 우리끼리 잘할 수 있지 않을까?

세금 잡아먹는 왕실 따윈 없는 게 나아.

보통 이런 생각을 갖기 마련이다.

"왕실을 없애고 백성이 나라를 통치하려 들 거란 말씀이옵니까?"

"그렇지."

강대산이 고개를 저었다.

"전하께선 현재 조선, 아니 이 땅에 존재했던 모든 왕조를 통틀어도 최고의 성군으로 꼽히고 계시옵니다. 한데 그런 전하께서 계신 왕실을 무너트리고 백성들이 스스로 나라를 통치하려 한다니……, 소관은 아무리 들어도 이해가 가지 않사옵니다."

"그래, 그럴 거야. 하지만 이해가 안 간다고 해서 진실이 진실이 아니게 되는 법이 있나? 이 문제 또한 똑같아. 강 대장이 부정해도 달라질 게 없다는 말이지."

"그럼 어떻게……?"

"이번 일의 본질은 불교의 포교 허용이 아니야."

"그게 아니면 무엇이옵니까?"

"권력을 나눠 달라는 거지. 기득권을 지킬 수 있게."

"그럼 설마 그들에게 권력을 나눠 주시겠단 것이옵니까?"

"계획이 좀 앞당겨지긴 했지만, 차라리 잘됐어."

난 송시열, 송준길, 김수항과 허목, 윤선도, 윤휴를 불러들였다.

"경들을 부른 이유는 과인이 결정을 내렸기 때문이오."

김수항이 득달같이 물었다.

"불교의 포교 허용을 철회하시겠단 뜻이옵니까?"

"아니오."

김수항이 실망한 표정으로 대답했다.

"그게 아니면 신들은 응하기 어려울 것 같사옵니다."

난 여섯 대신을 훑어본 뒤에 말했다.

"비변사를 상설화하겠소. 그리고 과인이 추진하는 정책을 논의해 승인할지, 거부할지 정하는 권한을 비변사에 주겠소."

허목이 수염을 쓸어내리며 물었다.

"대신이 비변사 당상을 겸하는 것이옵니까?"

"아니오. 비변사에 들어가려면 기존 관직을 내려놓아야 하오."

그 말에 몇몇은 미간을 찌푸렸고 몇몇은 고개를 가로저었다.

송시열과 눈빛을 교환한 송준길이 물었다.

"비변사는 어디까지 관여할 수 있는 것이옵니까?"

"왕실, 국방, 외교, 안보, 인사, 이 다섯 가지를 제외한 모두요."

윤휴가 술 냄새를 풍기며 말했다.

"그 다섯 가지를 빼면 사실상 비변사가 할 수 있는 일이 없지 않사옵니까? 이 거래는 조정이 손해를 많이 보는 듯합니다."

난 손가락으로 책상을 치다가 윤휴를 힐끗 보았다.

"거래라? 경들은 과인과 거래하러 온 거요?"

윤휴가 움찔해 얼른 머리를 조아렸다.

"설마 그럴 리가 있겠사옵니까."

지금까지 조용하던 송시열이 마침내 입을 열었다.

"비변사는 몇 명으로 구성되는 것이옵니까?"

"동수가 나와서 통과도, 각하도 안 되면 좀 그러니까 아홉 명이 좋지 않겠소. 인원을 늘려 가는 건 나중에 해도 되니까."

송시열이 다시 물었다.

"아홉 명은 어떻게 선발하실 생각이옵니까?"

"과인이 먼저 세 명을 천거하겠소."

그런 뒤에 송시열과 허목을 번갈아 보며 말을 이어 갔다.

"서인과 남인도 각각 세 명씩 천거할 수 있게 해 주겠소."

서인과 남인 영수들은 눈빛으로 의견을 교환했다.

어떤 것이 좀 더 유리할지 심사숙고해서 결정하겠단 뜻이다.

"흥."

내 코웃음에 여섯 대신이 움찔했다.

난 그들을 보며 씩 웃었다.

"과인이 큰마음 먹고 한발 크게 양보했음에도 그대들은 타협할 생각이 전혀 없는 모양이오? 전에 우상이 과인 앞에서 감히 폭군 운운할 때도 과인은 그것조차 충언이라 생각하며 참았소. 그 성군인지 뭔지가 한번 되어 보겠다고 말이오."

"……."

"근데 이젠 성군이 별로 땡기질 않는군. 과인은 아무래도 성군이 되지 못할 팔자인 모양이오. 그러면 길은 하나뿐이지."

윤휴가 긴장한 얼굴로 물었다.

"어떤 길이옵니까?"

"이 자리까지 오면서 과인은 이미 많은 피를 손에 묻혔소. 거기에 피 좀 더 묻힌다고 티나 나겠소? 이참에 판을 새로 짜서 다신 이런 개 같은 짓거리를 못 하게 해 줄 생각이오."

대신들은 긴장한 듯 입술에 침을 바르거나, 침을 꿀꺽 삼켰다.

허목이 가장 먼저 나섰다.

"남인은 비변사의 상설화에 동의하옵니다."

송준길도 뒤질세라 서둘러 대답했다.

"저희 서인 역시 마찬가지이옵니다."

난 피식 웃고 나서 대답했다.

"좋소."

"신들은 그러면 그렇게 알고 이만 돌아가겠사옵니다."

"잠깐, 할 얘기가 더 있소."

"무엇이옵니까?"

"서인, 남인 영수들이 죄다 모인 김에 비변사 당상을 지금 선정해야겠소. 그래야 일을 두 번 하지 않을 테니까. 마침 인원도 두 당에서 세 명씩 왔으니 이대로 옮겨 가면 되겠구만."

"그건······."

"싫으면 관두시오. 서인, 남인 아무나 데려다 놓고 구색이나 맞추면 되니까. 비변사 당상을 원할 자가 어디 한둘이겠소?"

"……알겠사옵니다."

대신들은 결국 찍소리도 못 하고 물러갔다.

다음 날, 시위하던 유생은 바로 해산되어 사방으로 흩어졌다.

서인과 남인이 해산을 명령하며 내세운 명분은 임금이 비변사를 설치해 권력을 일정 부분 나누기로 했다는 점이었다.

불교의 포교 허용을 막진 못했지만 이미 임금이 크게 양보한 상태에서 괜히 나대다가 역린이라도 건드리면 큰일이다.

그땐 잠자던 용이 깨어나 도성을 피로 물들일 테니까.

난 영의정 이경석에게 신속히 새 형법을 반포함과 동시에 백성에게 거주 이전의 자유, 직업 선택의 자유, 그리고 종교의 자유를 허락한다는 내용을 홍보하라 지시했다.

백성은 새 형법의 빡빡함에 불만을 드러내면서도 거주 이전의 자유와 직업 선택의 자유를 허락해 준 거에 크게 기뻐했다.

특히, 거주 이전의 자유를 크게 반겼다.

이전까진 호패법과 오가작통법 등의 수단으로 농업 인구의 유출을 강력히 막았기 때문에 불만이 많을 수밖에 없었다.

처음엔 백성이 일자리를 찾아 도시로 몰려들 것을 걱정했다.

하지만 다행히 기우로 끝났다.

지주제 혁파를 통해 자영농을 대거 육성해 둔 덕분에 농사를 포기하고 도시로 몰리는 이촌향도 현상은 일어나지 않았다.

물론, 지금은 임시방편일 뿐이었다.

장남이 부모의 농사를 물려받으면 그 밑에 있는 자식들은 할 일이 없어지므로 이촌향도 현상은 일어날 수밖에 없었다.

다행히 아직 시간이 있었기에 서유럽회사 건설 사업부와 건축 사업부에 일러 지방 개발에 좀 더 속도를 내란 지시를 내렸다.

이촌향도 현상이 본격적으로 벌어지기 전에 지방 도시 규모를 키우고 양질의 일자리를 최대한 많이 만들어 둬야 했다.

그렇게 해야만 현대 한국의 큰 문제점 중 하나인 수도권의 인구 과밀화 현상을 피하며 전국이 고루 발전할 수 있다.

직업 선택의 자유도 꽤 환영받았다.

신분제가 사라지면서 직업을 선택하는 데 더는 제약이 없었다.

하지만 일부 직업군, 특히 더럽거나 고돼서 누구나 꺼리는 직업군의 경우엔 여전히 아버지가 하던 일을 자식이 물려받아 하는 경우가 많았는데 이번 조치로 그게 해소되었다.

이제부턴 어떤 직업이든 자본의 논리가 적용되는 거다.

사람들이 하기 싫어하는 일, 이를테면 백정의 경우엔 하려는 사람이 많이 없으므로 자연히 가치가 높아질 수밖에 없다.

고기를 먹고 싶으면 백정에게 돈을 더 내야 하는 거다.

마지막 종교 선택의 자유는 당연히 불교계가 가장 환영했다.

난 예조 산하에 종교 포교 허용 심의회를 창설했다.

앞으로는 그 심의회의 엄격한 심사를 통과한 종교에만 종교 시설 건축을 승인해 주고 포교 활동을 허용할 생각이었다.

통과하지 못한 종교는 전부 사이비로 간주했다.

그런데도 사이비 종교를 세워서 백성의 고혈을 빨아먹으려는 놈들은 모두 무기 징역이나, 극형에 처하도록 조치했다.

또, 심의회에서 승인된 종교라고 하여도 헌금이나 굿을 한다는 핑계로 시주를 강요할 경우, 중형으로 다스리게 하였다.

마지막은 세금이었다.

종교인도 소득세와 같은 세금을 철저히 계산해 내게 하였다.

예조판서 김좌명은 곧 심의회를 열어 포교를 허용할 종교를 선정했는데 유교와 불교, 무교 세 종교만 통과가 되었다.

유교의 경우엔 학문인지, 종교인지 불분명한 부분이 있어 논쟁이 약간 있었지만, 결국 종교에 더 가깝다고 결론 났다.

성리학만 있었다면 학문, 그러니까 철학에 더 가까웠다.

하지만 주자의 해석에서 약간이라도 벗어나면 사문난적으로 취급하고 주자가례를 무슨 불경이나, 성서처럼 섬기며 조금이라도 벗어나면 비난하는 풍조는 분명 종교에 가까웠다.

불교야 당연히 종교에 속하고.

마지막으로 무교는 무속 신앙을 뜻한다.

굿판을 벌인다며 돈을 갈취하는 등의 일로 이미지는 좋지 않지만, 한반도에서 고대로부터 이어진 샤머니즘, 토테미즘, 애니미즘의 정통을 계승한 토착 종교로 인정을 받은 거다.

이어 비변사도 본격적으로 개설되었다.

비변사 정원은 아홉 명이다.

그리고 그중 여섯 자리는 이미 주인이 정해져 있었다.

서인 송시열, 송준길, 김수항과 남인 허목, 윤선도, 허적이다.

거기에 내가 천거한 세 명이 들어갔다.

김우명, 이상진, 이현일.

김육의 아들 김우명은 한때 현종의 국구였던 인물로 형제인 예조판서 김좌명과 함께 왕인의 중진을 형성하고 있었다.

그리고 이상진은 원래 서인이었다가 모종의 사건으로 인해 전향한 인물인데 전향한 인물들이 그렇듯 의심받지 않기 위해 누구보다 적극적으로 왕실을 수호하는 데 앞장섰다.

마지막으로 이현일은 스스로 비변사로 가겠다며 날 찾아왔다.

"비변사로 가겠다 했소?"

"그렇사옵니다."

"이유가 뭐요?"

"행정 일을 하면서 느낀 것이온데, 역시 신은 싸움닭 체질이 맞는 거 같사옵니다. 그리고 비변사야말로 그런 신에게 딱 맞는 일인 듯하여 이렇게 찾아와 청을 드리는 것이옵니다."

"흐음."

"신을 비변사로 보내 주시옵소서. 송시열과 허목이 발목을 붙잡고 늘어져도 전하의 정책을 통과시킬 자신이 있사옵니다."

"경의 뜻이 그렇다면 허락하겠소."

"성은이 망극하옵니다."

비변사 인선이 마무리되면서 난 인사 개각을 단행했다.

서인과 남인의 영수가 동시에 빠져나가며 자리가 많이 비었다.

거기다 좌의정 조경도 비슷한 시기에 사직을 청했다.

"좌상 대감이 사직하면 과인은 누구와 국정을 논의한단 말이오?"

"신도 건강만 하다면 백골이 티끌과 흙이 될 때까지 전하를 보필하고 싶사옵니다. 하오나 작년부터 건강이 부쩍 안 좋아진 신이 자리를 고수하는 건 전하께는 물론이고 조정에도 폐를 끼칠 뿐이옵니다. 부디 사직을 윤허해 주시옵소서."

"알겠소. 윤허하지."

"성은이 망극하옵니다."

"그래도 건강이 회복되면 꼭 돌아오시오."

"그러겠사옵니다."

그러나 조경은 그 말을 지키지 못했다.

얼마 가지 않아 지병으로 눈을 감은 것이다.

난 직접 상가에 들러 조문하고 조경에게 2급 훈장을 추서했다.

근데 조경을 잃어 쓸쓸한 마음이 채 가시기도 전에 호조판서 이시방마저 갑자기 병사해 쓸쓸한 마음이 두 배가 되었다.

이시방의 상가에 들러 조문하고 나서 조문 온 영의정 이경석과 집현전 영전사 정태화 두 노신을 만나 밀담을 나누었다.

정태화가 한탄했다.

"든 자린 몰라도 난 자린 티가 난다더니 용주에 이어 서봉까지 이렇게 갑자기 가니 인생사가 참 덧없다고 느껴지옵니다."

용주는 조경의 호고 서봉은 이시방의 호다.

정태화야 조경, 이시방과 수십 년 넘게 얼굴을 맞대고 국정을 함께 이끌어 온 당사자였으니 감상이 남다를 수밖에 없었다.

그건 이경석도 마찬가지여서 그 역시 쓸쓸함을 감추지 못했다.

"장강의 뒷물결이 앞물결을 밀어내듯 이 또한 순리일 테지요."

난 두 노신에게 물었다.

"두 분 대감은 건강이 어떠시오?"

정태화가 웃으면서 대답했다.

"여기저기 삐걱대긴 하지만 관에 들어갈 정도는 아니옵니다."

이경석도 아직 정정하다고 대답했다.

안심한 난 그들을 부른 이유를 말했다.

"이번에 개각하면서 진휼청을 확대 개편할 생각이오."

이경석이 물었다.

"몇 년 후에 있을 기근을 대비하기 위해서이옵니까?"

"그렇소."

정태화가 어리둥절한 표정으로 물었다.

"몇 년 후의 기근을 벌써 준비하신단 말이옵니까?"

"그냥 기근이 아니오. 대기근이지."

"대, 대기근이란 말이옵니까?"

"그렇소. 그래서 지금부터 준비하지 않으면 최소 수십만 명이 굶어 죽을 거요. 거기다 각종 전염병까지 창궐하면 죽는 백성의 숫자가 어쩌면 수백만 명이 훌쩍 넘어갈 수도 있소."

침을 꿀꺽 삼킨 정태화가 물었다.

"몇 년 후에 대기근이 찾아온다는 것은 어떻게 아셨사옵니까?"

"서유럽회사에 날씨를 전문적으로 연구하는 학자들이 있소. 그들의 예측은 아주 정확하지. 그래서 과인도 알게 된 거요."

"몇 년 후 날씨를 미리 안다니……, 쉽게 믿기 힘든 일이옵니다."

"생각보다 간단하오."

"그렇사옵니까?"

난 홍귀남을 향해 물었다.

"지금 갖고 있나?"

"예, 전하."

난 홍귀남에게 유리 막대를 받아 정태화에게 건넸다.

"수은 온도계란 거요. 기온을 측정할 수 있지."

정태화가 가느다란 유리 막대를 살펴보며 놀라워했다.

"애들 장난감 같은 거에 그런 기능이 있을 줄은 몰랐사옵니다."

"그 끝을 잡고 입김을 불어 보시오."

정태화는 시키는 대로 하였다.

잠시 후, 온도계의 수은주가 전보다 약간 상승했다.

"오, 정말 수치가 변했사옵니다."

난 온도계를 받아 홍귀남에게 돌려준 뒤에 설명했다.

"서유럽회사 공업 사업부에서 몇 년 전에 개발한 건데 그걸로 매년 평균 기온을 재 봤소. 한데 기온이 매년 약간씩 떨어진단 사실을 밝혀낸 거요. 그리고 이 추세대로 기온이 떨어질 경우, 몇 년 후에 작물이 냉해를 입는단 결과가 나왔소."

정태화도 그제야 얼굴이 심각해졌다.

"그렇다면 정말 큰일이 아니옵니까?"

"그래서 미리미리 대책을 세워 놔야 하는 거요."

"그 첫 번째 대책이 진휼청을 확대해서 개편하는 것이옵니까?"

"그렇소. 그리고 그 일을 대감이 맡아 줘야겠소."

"신이 말이옵니까?"

"비변사를 상설화하면서 대신들이 많이 빠져나가는 바람에 이런 큰일을 맡을 만한 대신은 현재 영전사 대감 한 명뿐이오."

정태화는 잠시 고민하고 나서 대답했다.

"그렇다면 신이 한번 해 보겠사옵니다."

"정말 고맙소."

정태화는 진휼청의 도제조를 맡아 조직을 확대 개편하였다.

난 그사이 개각을 단행했다.

영의정 이경석은 당연히 유임됐다.

그리고 좌의정에는 허적, 우의정에는 권대운을 각각 앉혔다.

또, 도승지에는 윤증을 앉혔으며 자리가 빈 이조판서에 남구만, 호조판서에 박세채, 형조판서에 박세당을 각각 앉혔다.

마지막으로 제일 중요한 집현전 수장엔 몇 년 동안 이조와 호조에서 뛰어난 행정 실무 능력을 보인 조사석을 임명했다.

40대 안팎의 젊고 패기 넘치는 관료들이 요직을 차지한 거다.

효과는 아주 뛰어났다.

물론, 가끔은 패기가 지나칠 때도 있었지만 그때마다 이경석, 정태화 같은 노신들이 중심을 잡아 주어 흔들리지 않았다.

말 그대로 드림팀이 탄생한 거다.

난 그 드림팀을 희정당으로 불러 지시를 내렸다.

"기근 대책은 두 가지 방향으로 진행해야 하오."

기근 대책의 총책임자인 정태화가 물었다.

"어떤 방향이옵니까?"

"첫 번째는 조정에서 맡아야 하는 대책이오."

"생각해 두신 대책이 있으시옵니까?"

"양곡과 구황작물을 보관할 창고를 팔도에 지으시오. 여름을 나야 하니까 서늘한 곳이 좋겠지. 그렇다고 서늘한 곳을 찾다가 습기가 많은 곳을 고르면 다 썩어서 가축도 먹지 못할 거요. 서늘하면서 습기도 적은 곳은 관원보단 그 지역에서 오래 산 토박이가 잘 알 테니 그들을 이용하시오."

"예, 전하."

"또, 중국과 왜국에서 양곡을 꾸준히 수입해야 하오."

윤증이 걱정하며 물었다.

"전하께서 말씀하신 대로 전 세계의 기후가 변해 조선에 기근이 일어난다면 중국과 왜국에서도 일어나지 않겠사옵니까?"

"그렇진 않을 거요. 아마 시기에 차이가 있을 테니까."

"그건 다행이옵니다."

호조판서 박세채가 물었다.

"첫 번째가 조정이라면 두 번째는 민간 쪽이옵니까?"

"그렇소. 조정이 아무리 준비를 잘해도 결국 부족하기 마련이오. 하여 민간에서 자체적으로 대기근을 대비할 수 있도록 백성을 일깨우는 일이 필수적이오. 가정마다 혹독한 겨울을 날 수 있도록 방한 대책을 충분히 세우고 또 김장할 때 사용하는 토굴에 구황작물을 저장하도록 유도해야 하오."

"알겠사옵니다."

"특히 겨울이 문제요. 예년보다 훨씬 추운 겨울이 될 테니까 백성은 태울 수 있는 건 무조건 가져다가 태우려 들 거요. 그렇지 않아도 민둥산이 많은데 땔감으로 쓴다고 산의 나무를 죄다 베어 가 버리면 여름에 홍수가 나서 이중고를 겪을 수밖에 없소. 진휼청은 서유럽회사 광산 사업부와 협의해 온돌보다 석탄 난로를 쓰도록 적극적으로 홍보하시오."

"예, 전하!"

"과인의 계산에 따르면 이제 대기근까지 2년이 남았소. 아마 대기근이 들기 직전 해 겨울에는 엄청나게 더울 텐데 그게 바로 기근의 징조이니까 모두 정신 바짝 차리고 준비하시오!"

"알겠사옵니다!"

조정은 진휼청을 중심으로 대기근 대책을 차근차근 세워 갔다.

사실 지금까지 한 모든 일들이 '경신대기근'이라 일컬어지는 이 대기근을 막기 위한 일종의 사전 준비 작업과 같았다.

　　이제는 얼마나 준비를 잘했는지 평가받을 일만 남은 셈이다.

조선은 다른 생각을 할 여유가 없을 만큼 분주했다.

조정의 기근 대책이 두 곳에서 동시에 진행되었기 때문이다.

우선 팔도에 소재한 모든 행정 기관은 백성이 사는 거주지면 어디든지 찾아가서 대기근이 곧 도래할 것임을 알렸다.

또, 방한 대책을 세우고 구황작물을 저장하게 유도했다.

결과는 썩 신통치 않았다.

여유가 있는 집이면 그러겠다고 대답한 비율이 높았다.

하지만 형편이 어려운 가정은 쉽지 않았다.

그들은 당장 올해를 나기도 힘든 마당이다.

그런 상황에서 아직 닥쳐오지도 않은 대기근에 대비하라

는 관원의 말이 귀에 들어올 턱이 없어 무시해 버리기 일쑤다.

그래도 뭐 어쩌겠나.

알아들을 때까지 설득하는 수밖에.

국민은 나라를 포기할 수 있다.

하지만 나라는 국민을 포기해선 안 된다.

두 번째는 서유럽회사가 하는 실제적인 대책 준비다.

서유럽회사에선 무역 사업 본부가 가장 바빴다.

우선 중국과 왜국에서 수입하는 쌀, 보리, 콩의 비중을 높였다.

또, 팔도 주요 도시에 곡창, 즉 대형 곡물 저장 창고를 지어서 수매한 양곡과 수입한 양곡을 저장해 기근에 대비했다.

양희의 소매 사업부도 덩달아 바빠졌다.

소매 사업부는 물가 안정을 위해 생필품 가격을 계속 조정했다.

일부 상단이 생필품을 매점하려는 조짐이 보이면 다신 그와 같은 짓을 못 하게 포도청의 협조를 받아 싹을 밟아 버렸다.

자원 사업부는 석탄 채굴에 매진했다.

조선의 석탄 매장량이 수출할 정도로 많진 않다.

하지만 조선에서 사용할 만한 양은 나온다.

자원 사업부는 광부를 최대한 많이 투입해 석탄을 채굴했다.

광부 숫자는 충분했다.

포로에 범죄자를 더하면 충분하진 않아도 모자라진 않는다.

진휼청 도제조인 정태화를 통해 매일 기근 대책이 어떻게 진행 중인지 들으면서도 마음은 전혀 다른 곳에 가 있었다.

농업 연구소가 진행 중인 벼 품종 개발이 그 이유다.

구황작물이 몇 년 사이에 널리 보급된 건 맞다.

다만 양이 충분하다고 보기엔 무리다.

백성들은 여전히 맛이 좋은 쌀밥을 훨씬 선호하기도 하고.

시기상, 올해 반드시 성과를 내야 한다.

그렇지 않으면 때를 맞추지 못해 대기근 때는 벼 수확량을 완전히 제외하고 계산해야 하는데 그러면 정말 어려워진다.

게다가 대기근 대책의 핵심인 농업 연구소가 10년 가까이 개발에 전념하고 있음에도 실패를 거듭해 주위의 우려를 사고 있었다.

서유럽회사 재정 담당 임원 몇은 새로운 품종 개발에 쓰는 돈을 다른 데로 돌리는 편이 효율적이란 주장까지 하였다.

그런 차에 마침내 어제 큰 진전을 보았단 보고가 올라왔다.

그러니 정태화의 보고가 귀에 안 들어올 수밖에.

난 보고받고 나서 계획에 보강을 지시했다.

"아사자가 예상보다 많이 생기면 전염병이 같이 돌 수도 있소."

"그렇다면 진휼청이 내의원, 서유럽회사 의료 사업부 등과 협력해서 전염병 확산 방지 대책을 세워 보고하겠사옵니다."

"그렇게 하시오."

정태화가 돌아간 후.

난 희정당 밖으로 나와 하늘을 보았다.

먹구름이 짙게 껴 있다.

바람도 강하게 불었다.

하지만 서두르면 강남에 갔다가 돌아올 수 있을 거 같았다.

"두석아!"

뒤에서 몰래 귀를 파고 있던 왕두석이 깜짝 놀라 대답했다.

"예, 형님, 아니, 전하."

"혀엉님?"

"놀, 놀라서 실수했사옵니다. 너, 너그러이 용서해 주시옵소서."

"내가 왜 니 형님이야? 나이도 니가 더 많잖아."

"헤헤, 원래 끗발 센 사람이 형님 아니겠사옵니까?"

"너 요즘 저잣거리 왈패들이랑 어울려 다니냐?"

"절, 절대 아니옵니다."

"너, 내가 지켜본다."

"예, 형님, 아니 형님 전하, 아니 전하……."

난 고개를 절레 저으며 지시했다.

"미복으로 강남 농업 연구소에 들러야겠다. 준비해라."

왕두석이 하늘을 보고 나서 물었다.

"날씨가 좀 궂은데 내일 가시는 것이 어떻겠사옵니까?"

"아침에 등청하기 전에 신 부장이랑 부부 싸움이라도 한 거야?"

"허허, 싸움도 엇비슷해야 상대가 되는 거지요."

"니가 잡혀 산단 거구나."

"그렇사옵니다……."

"아무튼 서두르면 저녁에 돌아올 수 있겠지."

"정말 가실 것이옵니까?"

"가야지."

"알겠사옵니다."

왕두석은 바로 금군에 임금의 미복 외출을 통고했는데.

금군 대장 이상립은 100명이 넘는 경호팀을 꾸렸다.

이래서야 미복 잠행이 뭔 소용이지?

하지만 이상립의 의견이 워낙 강경해 어쩔 수 없었다.

지금은 왜국과의 전쟁이 끝난 평화 시기다.

그러나 무슨 일이 생길지 누가 알겠나?

알아서 조심할 수밖에.

경호팀을 이끄는 이는 우별장 최걸이다.

일행은 창덕궁에서 말을 타고 출발해 남대문을 지났다.

그땐 이미 바람이 꽤 강하게 불고 있었다.

돌아갈까 말까 망설이다가 계속 가기로 했다.

농업 연구소가 거두었단 성과가 궁금해 견딜 수 없었다.

곧 용산을 지나 서빙고 나루터에 도착했다.

몇 년 전만 해도 그냥 평범한 나루터였던 곳.

하지만 이제는 아니었다.

서빙고 나루터가 강남으로 가는 주요 길목으로 자리 잡으면서 중요성이 점점 커졌다.

이후 대대적으로 개축이 이어져 이젠 나루터보단 선착장의 모습에 더 가까웠다.

퇴역한 판옥선 몇 척이 1시간마다 서빙고 나루터와 그 반대편의 동작 나루터를 왕복하며 출퇴근하는 백성을 실어 날랐다.

최걸이 강풍에 거칠어진 수면을 보고 걱정했다.

"아무래도 오늘은 환궁하시는 편이 좋겠사옵니다."

내 눈에도 거칠어진 물살이 제법 위협적으로 보였다.

하지만 여기까지 와서 돌아가기엔 너무 아쉬웠다.

"우별장은 만두의 기원에 대해 아시오?"

"만두의 기원이라면……, 제갈량이 남만으로 원정을 떠났을 때, 풍랑으로 배가 뜰 수 없자 사람 머리를 닮은 만두를 강물에 던져 용왕을 속였단 고사에서 유래한 말로 아옵니다."

"오, 잘 아는군. 우별장도 삼국지 팬이오?"

"팬이 무엇을 의미하는 말인지 모르겠사옵니다."

왕두석이 슬쩍 거들었다.

"삼국지를 좋아하냐고 물으신 겁니다."

고개를 끄덕인 최걸이 말했다.

"예, 소장도 어렸을 땐 잠깐 심취했었사옵니다."

"우리도 그 고사를 따라 보는 거요."

"여, 여기서 만두를 빚으시겠단 말씀이시옵니까?"

"그러기엔 사정이 여의치 않으니 우린 진짜 사람 머리를 던져야지. 어이쿠, 마침 만두를 꼭 닮은 머리가 하나 있구만."

난 그러면서 왕두석을 힐끔 보았다.

사색이 된 왕두석이 뒷걸음질 치며 물었다.

"설, 설마 소관의 머리로 만두를 빚으시려는 건 아니겠지요?"

"왜? 내가 보기엔 딱인데."

"조선의 판옥선은 세계에서 가장 튼튼한 군함이옵지요. 그 거친 남해 견내량의 물살 속에서도 꿋꿋이 버틴 배인데 설마 무슨 일이야 있겠사옵니까. 더 늦기 전에 어서 오르시지요."

잠시 후.

우리는 판옥선 몇 척을 나눠 타고 동작 선착장으로 건너갔다.

풍랑은 거칠었지만, 판옥선은 그보다 더 튼튼했다.

흠, 역시 배로는 인력과 물자 수송에 한계가 있어.

그렇다면 교량을 건설해야 할 텐데.

난 판옥선 함교에 올라가서 서쪽으로 시선을 주었다.

거친 비바람 속에서 노들섬이 언뜻언뜻 모습을 드러냈다.

그래, 교량을 짓기엔 노들섬이 가장 적당하겠지.

한강 중간에 위치한 덕에 교량 길이를 줄일 수 있으니까.

대기근이 끝나면 교량 건설을 시도해 봐야겠군.

동작 선착장에 도착한 일행은 하선해 농업 연구소로 이동했다.

지금 강남은 상전벽해라는 말이 딱 어울렸다.

몇 년 전만 해도 논과 밭만 있던 장소에 농업 연구소, 전력연구소, 방직 공장이 연달아 들어서면서 신도시가 만들어졌다.

농업 연구소는 그중 가장 면적이 넓었다.

유리로 지은 온실만 이제 100개가 넘었다.

거기다 매년 부서지는 온실도 수리해야 했기 때문에 연구소에 따로 유리 공장을 차렸을 정도로 막대한 지원을 받았다.

온실 중 반은 고구마, 감자, 옥수수 종자를 개량하는 데 쓰였다.

원래 고구마, 감자 등은 작고 맛도 형편없이 떨어졌다.

그래서 농업 연구소가 이를 개량하는 작업을 진행했다.

근데 꽤 성과가 좋아 지금은 현대 품종에 견줄 만했다.

내가 왔단 소식을 들은 신정화와 연구원들이 놀라 달려왔다.

신정화 등이 엎드려 큰절을 올렸다.

"농업 연구소 직원들이 상감마마를 뵈옵니다!"

"모두 일어나라!"

연구소 직원들이 일어나 옷매무새를 정리할 때.

난 먼저 신정화에게 다가가 말했다.

"그동안 신 부장이 애 많이 썼네."

"아니옵니다."

이어 얼굴이 익은 두 연구원 쪽으로 시선을 돌렸다.

한 명은 작고 뚱뚱했다.

그리고 다른 한 명은 멀대처럼 키가 크고 말랐다.

그 순간, 번득 생각나는 이름이 있었다.

"오, 멀대 최헌과 뚱뚱이 남태령이로군."

"멀대가 오랜만에 인사드리옵니다."

"잘 지냈나?"

"예, 전하."

"쯧쯧, 몇 년 만에 보는데도 자넨 여전히 비쩍 말랐군."

"노심초사하다 보니까 살이 찔 여유가 없었사옵니다."

난 뚱뚱이를 보며 물었다.

"그러면 자넨 노심초사할 일이 별로 없었나 보지?"

뚱뚱이가 어쩔 줄 몰라 하며 대답했다.

"소, 소인은 구황작물 개량을 맡고 있사옵니다."

"그게 살이랑 무슨 상관이야?"

"개량한 구황작물의 맛이 좋아졌는지 알아보려면 직접 맛을 봐야 해서 아무리 노력해도 살이 빠지지가 않았사옵니다."

"하하, 그거 말 되는구먼그래."

그때, 강풍이 몰아쳐 더는 야외에 있기 힘들어졌다.

"자, 나머지 얘긴 들어가서 하세."

"예, 전하."

몰아치는 비바람을 뚫고 들어간 연구소에서 브리핑부터 받았다.

신정화가 분필로 칠판에 글을 써 가며 설명했다.

"작년에 시도한 10여 개 품종 중에서 천왕과 신선 두 품종이 합격점을 받아 온실 20개 동에서 시험 재배 중이옵니다."

"천왕과 신선은 어떤 품종인가?"

"대풍이란 품종을 기반으로 만들어 낸 새로운 품종이옵니다. 하여 두 품종 모두 대가 작아 태풍에 강하면서도 낱알이 많이 열린다는 장점을 공유하고 있사옵니다."

"공통점이 있음에도 천왕과 신선으로 구분한 이유가 있겠지?"

"그렇사옵니다. 시험 재배해 본 결과, 천왕은 병충해에 강했사옵니다. 그리고 신선은 냉해에 강한 면모를 보였사옵니다."

"천왕과 신선을 합치면 최강이겠군."

신정화가 송구하단 표정으로 대답했다.

"몇 번 시도해 보았으나 모두 실패했사옵니다."

난 고개를 저었다.

"아니, 그 정도만 해도 아주 잘한 것일세. 대기근이 끝나면 천왕은 남쪽에, 신선은 북쪽 농가에 보급하도록 하게. 좋은 품종을 개발해 팔도에 보급하는 방법이 얼핏 합리적으로 보이지만 사실은 그렇지 않네. 종의 다양성이 줄어들면 흉년이 크게 들 때 전국이 다 같이 피해를 보게 되니까 말이야."

신정화의 표정이 그제야 밝아졌다.

"바로 농가에 보급할 계획을 세우겠사옵니다."

브리핑이 끝난 후.

온실에 들러 천왕과 신선을 직접 확인했다.

신정화의 설명이 맞았다.

대가 짧은 벼는 줄기가 두꺼워 태풍에 강하지만 그 바람에 열리는 낟알 역시 적을 수밖에 없다.

반대로 벼의 대가 길 경우, 강풍에 약해 금방 픽픽 쓰러지지만 그만큼 낟알도 많이 열린다.

지금까지 조선 농부들이 대가 긴 벼를 좀 더 선호한 이유도 그 때문이다.

태풍에 취약하긴 해도 일단 낟알은 많이 열리니까.

그래서 그동안 조선은 비교적 태풍이 약하던 해엔 쌀이 넘쳐나고 큰 태풍이 온 해에는 기근이 생겨 아사자가 속출했다.

근데 대가 짧으면서도 낟알이 많이 열리는 새로운 품종인 대풍을 개발해 낸 거다.

거기다 대풍을 바탕으로 병충해에 강한 천왕과 냉해에 강한 장점이 있는 신선을 연달아 개발해 내는 성과까지 이루었다.

이거 내 예상보다 훨씬 더 훌륭하잖아.

잘하면 이번 대기근을 쉽게 넘길 수도 있겠는데.

온실을 둘러보는 동안.

비바람이 더 강해져 배를 띄울 수 없을 지경까지 이르렀다.

할 수 없이 연구소에서 밤을 지내며 지켜보기로 했다.

다음 날 새벽.

연구소의 불편한 침상에서 뒤척거리고 있을 때.

홍귀남이 비에 흠뻑 젖은 모습으로 들어와 말했다.

"전하! 당장 피하셔야 하옵니다!"

난 졸린 눈을 비비며 물었다.

"무슨 일인데 그래?"

"농업 연구소 수로를 막던 수문이 부서져 물이 쏟아져 들어오고 있사옵니다! 지금 당장 안전한 곳으로 피하셔야 하옵니다!"

그 말을 듣는 순간, 잠이 확 달아났다.

하늘이 날 놀리는 건가?

옷과 우비를 챙겨 입고 밖으로 나왔다.

억수 같은 장대비가 미친 듯이 쏟아지고 있었다.

최걸이 달려와 동쪽 언덕을 가리켰다.

"당장 고지대로 피하셔야 하옵니다."

난 한숨을 내쉬며 물었다.

"상황이 어떻소?"

"온실 반이 벌써 물에 잠겼사옵니다."

난 온실 쪽으로 몇 걸음 가 보았다.

최걸의 말대로였다.

온실 수십 개가 이미 흙탕물에 잠겨 있었다.

하, 강남에 연구소를 지은 업보인가?

농사를 지으려면 물과 햇빛이 필수다.

햇빛이야 인간의 힘으로 어떻게 할 수 없다.

물도 비슷하다.

가뭄이 심하면 한 해 농사를 마치기 십상이다.

그래서 농업 연구소를 굳이 강남에 지은 거다.

한강은 바닥이 드러날 정도로 바짝 마른 적이 없기 때문이다.

덕분에 아무리 심한 가뭄이 닥쳐도 운영에 차질을 빚지 않았다.

근데 그게 지금 부메랑이 되어 돌아왔다.

사실 이런 일에 대비해 준설 공사를 꾸준히 해 왔다.

준설은 강바닥을 깊게 파 범람을 막는 공사다.

하지만 아무래도 정성이 부족했던 모양이다.

"장마에도 버티던 수문이 하룻밤 장대비로 무너지다니!"

홍귀남이 안타깝단 표정으로 대답했다.

"수문이 올여름 장마에 약해져 있던 거 같사옵니다."

"약해진 수문이 갑자기 불어난 유량에 무너졌다?"

"소관의 추측일 뿐이옵니다."

난 고개를 돌려 최걸에게 물었다.

"신 부장과 연구소 직원들은 어디 있소?"

"그게……."

머뭇거리는 최걸을 뒤로하고 주위를 둘러보았다.

그러고 보니 왕두석이 좀 전부터 안 보이는군.

지금 왕두석이 안 보이는 이유는 하나밖에 없을 거다.

바로 신 부장 곁에 있기 때문일 테지.

그렇다면 설마 신 부장과 직원들은?

"신 부장과 직원들은 신선과 천왕만이라도 지키겠다며……."

난 최걸의 말을 다 듣지도 않고 장대비를 맞으며 신선과 천왕을 키우는 온실 쪽으로 뛰어갔다.

"아니 되옵니다!"

뒤에서 최걸과 홍귀남이 소리치며 쫓아왔다.

하지만 난 멈출 생각이 없었다.

곧 신 부장과 왕두석, 멀대와 뚱뚱이 등이 보였다.

그들은 흙탕물이 거세게 밀려드는 급류 앞에서 비에 온몸이 흠뻑 젖은 상태로 포대에 흙을 담아 제방을 쌓고 있었다.

난 거침없이 그 안으로 뛰어들었다.

물살이 워낙 강해 잠시 휩쓸렸다.

하지만 무예와 고강도 체력 훈련으로 다져진 몸이다.

금방 극복하고 제방에 도착해 포대 쌓는 일을 도왔다.

깜짝 놀란 왕두석이 달려와 내 손을 붙잡았다.

"전하, 위험하옵니다."

"옥체에 허락 없이 손대면 중죄야. 몰라?"

"벌하실 거면 벌하시옵소서."

"나 말릴 시간에 포대나 하나 더 쌓아."

난 왕두석을 밀치고 나서 다시 포대를 쌓았다.

"전하, 어서 피하시옵소서!"

왕두석은 포기하지 않고 몇 번 더 달려들었다.

하지만 나도 고집으론 만만치 않았다.

결국, 왕두석도 포기하고 옆에서 대기했다.

혹시라도 내가 넘어지면 잡아 주기 위해서다.

그때였다.

최걸이 금군을, 홍귀남이 선전관을 이끌고 도착했다.

처음엔 그들도 말리려 왔나 했는데 아니었다.

최걸이 금군에게 지시했다.

"금군은 물길이 옆으로 빠지게 배수로를 파라!"

"예, 장군!"

금군 수십 명이 삽과 곡괭이를 들고 수로로 달려갔다.

홍귀남도 지지 않고 소리쳤다.

"선전관은 들어오지 말고 밖에서 포대에 흙을 채워라!"

곧 쌍둥이를 비롯한 선전관들이 빈 포대에 흙을 채워 넣었다.

그러면 연구소 직원들이 일렬로 서서 포대를 제방으로 옮겼다.

직원 중에는 노인과 여자도 많았다.

하지만 누구도 힘든 내색을 하지 않았다.

그저 말없이 포대를 받아 옆 사람에게 건넬 뿐이다.

지성이면 감천이라던가.

금군이 물길을 틀어 준 덕에 밀려드는 흙탕물이 줄어들었다.

그제야 다들 한숨 놓으려는데.

멀리 수문 쪽에서 비명 같은 소리가 들렸다.

"수, 수문이 완전히 박살 났습니다!"

곧 흙탕물이 누런 용처럼 꿈틀거리며 밀려 내려왔다.

사람들은 하늘을 원망할 새도 없이 더 빨리 포대를 날랐다.

그러나 이번엔 쉽지 않았다.

수압을 견디지 못한 포대가 무너지며 제방이 뚫리려고 하였다.

"앗, 저기!"

그때, 누군가가 소리를 질렀다.

뭔가 해서 고개를 드는 순간.

강가에 있어야 할 고깃배 한 척이 제방으로 돌진했다.

수문이 부서지면서 같이 쓸려 들어온 모양이군.

"아, 안 돼!"

뒤에서 비명이 들려 돌아보았다.

왕두석이 몸을 바들바들 떨고 있었다.

재빨리 그의 시선을 따라가 보았다.

고깃배가 향하는 곳에 마침 신 부장이 있었다.

비가 너무 거센 탓에 고깃배를 미처 못 본 모양이다.

피하려 했을 땐 이미 고깃배가 너무 가까이 있었다.

젠장!

난 바로 버프를 발동했다.

우선 도요토미 히데요시의 역습!

도요토미 히데요시의 역습! (SSS)

군대의 이동 속도가 현저히 빨라진다.

버프 기준: 반경 1킬로미터

광역 범위: 반경 1킬로미터

지속 시간: 3일

왜국 플레이어를 죽였을 때, 상점에 새로 생긴 버프다.

평소엔 비싸서 쓰지 못했다.

하지만 지금은 다른 방법이 없었다.

버프를 발동하며 달리는 순간.

몸이 가벼워지며 거친 물살을 빠르게 갈랐다.

막 신 부장이 있던 제방에 도착했을 때.

고깃배가 급류를 타고 제방을 타 넘으며 신 부장을 덮쳤
다.

신 부장, 걱정하지 마.

내가 곧 구해 줄게!

두 번째 버프, 이의민의 괴력을 발동했다.

그 즉시, 강력한 힘이 몸에서 솟아났다.

"으랏차!"

난 고깃배 앞을 두 손으로 부여잡고 힘을 주었다.

끼이익!

부서질 거 같은 소리가 나던 고깃배가 공중을 붕 떠올랐다.

고깃배가 안전한 곳에 처박히는 모습을 보고 신 부장을 불렀다.

"신 부장, 괜찮아?"

그제야 정신을 차린 신 부장이 놀라 중얼거렸다.

"전, 전하께서 소첩의 목숨을 구해 주셨군요……."

"놀란 거 같으니까 신 부장은 좀 쉬고 있어."

"소첩이 책임자인데 어떻게 쉬고 있겠사옵니까."

강단 있게 말한 신 부장은 무너진 포대부터 다시 쌓아 올렸다.

여장부로군.

그때, 왕두석이 울면서 달려왔다.

"여보오오오, 괜찮아아아?"

신 부장이 그런 왕두석을 보며 한숨을 쉬었다.

"이곳은 집이 아닙니다."

"아, 그렇지. 신, 신 부장님, 몸은 괜찮으십니까?"

"난 괜찮으니까 감사 인사는 전하께 드리세요."

"그럼요. 당연히 감사 인사를 드려야지요."

넙죽 엎드려 절하려던 왕두석이 물을 먹고 캑캑거렸다.

고개를 절레 저은 신 부장이 왕두석의 등을 두들겨 주었다.

그래도 부부 사이는 좋네.

난 피식 웃고 나서 허리를 펴는 김에 주변을 슬쩍 둘러보았다.

금군, 선전관, 직원 할 거 없이 놀란 표정으로 날 바라보았다.

내가 괴력을 발휘한 모습에 놀란 모양이다.

아무튼 난 다시 신 부장을 도와 제방을 쌓았다.

이의민의 괴력은 지속 시간이 10분이지만 큰 도움이 되었다.

포대를 한 번에 몇 개씩 쌓았다.

그사이, 불안하던 제방도 어느새 안정을 되찾았다.

그렇게 새벽까지 작업했을 때.

제방이 완성되어 더는 강물이 온실 쪽으로 흘러가지 않았다.

더욱이 낮에는 비도 그쳐 정말 한시름 놓았다.

난 가장 먼저 연구소에 신문왕의 만파식적 버프부터 걸었다.

그동안은 준설 공사 덕분에 한강이 범람해도 별 피해가 없을 거로 생각해 그냥 놔두었는데 이제는 그게 아님을 알았다.

외양간 우리는 언제든 고장 날 수 있다.

하지만 우리를 전과 같은 방식으로 수리해 놓고 나서 이젠 소가 안 도망가겠지, 기대하는 행동은 정말 멍청한 생각이다.

오후에는 박살 난 수문을 강철 재질로 만들어 다시 설치하게 하고 건설 사업부에는 준설 공사를 다시 하라 지시했다.

이렇게까지 했는데도 또 물에 잠긴다면?

그건 진짜 하늘이 날 버린 거겠지.

저녁에는 횃불을 들고 연구소 온실을 돌아보았다.

직원들이 온실에 들어찬 물을 밖으로 퍼내고 있었다.

다행히 연구소 근처에 주둔한 금위청 부대가 도착해 작업을 도와주면서 다음 날엔 온실도 제 모습을 서서히 찾아갔다.

청소하고 깨진 유리창을 갈아 끼우려면 며칠 더 걸리겠지만.

난 신선과 천왕이 있던 온실을 둘러보았다.

물에 완전히 잠기진 않았지만, 그래도 상태가 좋지는 않았다.

얼마나 살릴 수 있을진 더 지켜봐야 알 거 같군.

얼추 정리가 끝난 모습을 보고 나서 환궁했다.

나중에 들어온 소식에 따르면 천왕은 3분의 1만 살아남았다.

그러나 신선은 다행히 반 이상 살아남았다고 한다.

난 바로 지시를 내렸다.

"이번에 수확한 신선의 종자 일부를 전라도 평야 지대에 먼저 보급해 내년 봄에 바로 농사를 지을 수 있게 조치하시오."

농업을 포함한 경제 정책을 총괄하는 좌의정 허적이 대답했다.

"예, 전하."

"서유럽회사가 암모니아로 제조한 화학 비료를 농가에 충분히 공급하고 이앙법과 같은 신농법도 보급을 재촉하시오. 또한, 저수지를 더 파고 수차도 더 생산해 가뭄에 대비하시오."

"알겠사옵니다."

이어 우의정 권대운에게 지시했다.

우의정은 국방, 안보, 외교 등의 정책을 총괄했다.

즉, 좌의정은 경제부총리, 우의정은 안보실장과 같은 개념이다.

"중국과 맞닿은 국경의 경계에 더 신경 쓰시오. 겨울에 강이 얼면 구왈기야 놈들이 그 틈을 노리고 내려올 수도 있소."

"예, 전하."

마지막으로 국무총리와 같은 영의정 이경석에게 지시를 내렸다.

"내년에는 과인이 팔도 구석구석을 돌며 현장에서 직접 기근 대책을 점검할 생각이오. 영의정 대감은 과인이 대궐에 없는 동안, 세자의 교육과 조정의 안정에 최선을 다하시오."

"알겠사옵니다."

필요한 지시를 내리고 나선 개인 정비에 집중했다.

쑥쑥 크는 세자와 평안공주의 공부를 봐주고 그동안 기근 대책을 준비한다고 소홀했던 중전과도 많은 시간을 보냈다.

당연히 윗전도 챙겼다.

다행히 두 분 다 건강엔 아무 문제 없었다.

남은 시간엔 몸을 단련하며 스탯을 올리는 데 집중했다.

전쟁, 기근 핑계를 대면서 스탯에 많은 신경을 쓰지 못했다.

겨울에는 좀 힘들었지만 그래도 참고 훈련을 이어 갔다.

그 덕분에 봄이 도래했을 땐 꽤 성과를 보았다.

이연 (+400,109)

레벨: 7

무력: 70 지력: 77 체력: 71 매력: 78 행운: 80

스탯이 이제 좀 사람다워졌군.

이 정도면 꽤 준수한 올라운더급은 되겠지.

수명은 많이 줄었다.

쓰기만 하고 느는 건 별로 없으니까 당연하다.

왜국 플레이어 셋을 죽이고 좀 늘긴 했다.

하지만 이제 그 정도는 간에 기별도 안 간다.

물론, 수명이 줄기만 한 건 내 탓이 크다.

몇 년 동안 클리어한 서브 퀘스트만도 이제 20개가 넘는다.

근데 그동안 룰렛을 안 돌리고 계속해서 쌓고만 있었다.

한 번에 정말 크게 땅기기 위해서.

흠, 아끼다가 똥 될 수도 있으니까 기근이 끝나면 돌려야겠군.

내친김에 국가 스탯도 확인했다.

조선 (+163,427)
레벨: 5
정치: 76 행정: 70 경제: 66 재정: 60 국방: 88 외교: 61 교육: 62 문화: 60 복지: 50 산업: 61

이제 와 하는 말이지만 개인보단 국가 스탯이 훨씬 잘 올랐다.
국방은 이제 거의 90대고.
그사이, 국가 스킬도 두 개나 더 떴다.
하나는 '고속 성장', 다른 하나는 '문화 융성'이다.
고속 성장은 레벨이 높아질수록 경제 스탯에 보너스가 생긴다.
하지만 그 여파로 문화와 복지는 떨어진다.
현실을 잘 반영한 스킬인 셈이다.
문화 융성은 문화 스탯에 보너스를 준다.
덕분에 올리기가 쉽지 않은 문화 스탯에서 꽤 덕을 보았다.
하지만 역시 꿀은 역동의 표상이다.
역동의 표상은 국민의 정책 수용률을 높여 준다.
팔도를 돌아볼 생각을 한 이유도 이 스킬 때문이고.
백성이 기근 대책에 무심하다고 그냥 죽게 놔둘 순 없으니까.

날이 풀리면서 언 땅이 녹아 흐물흐물해졌을 때.
난 마침내 대대적인 수행단과 팔도 원행을 떠났다.

도성은 인구 변화가 그렇게 크지 않았다.

하지만 한양은 주변 개발, 강남 신도시 건설 등으로 인구가 크게 늘어 기존의 곡창으로는 안정적인 보급이 어려웠다.

그래서 건축 사업부는 한강 변에 곡창을 추가 건설했다.

원행의 첫 목적지가 바로 그 곡창이었다.

문익점의 목화씨란 버프가 있다.

운송할 때 생물이 상하지 않게 해 주는 버프다.

근데 창고에 저장한 양곡에도 효과가 있었다.

난 곡창에 들러 문익점의 목화씨 버프를 일일이 걸었다.

이렇게 해 두면 곡창에 저장한 양곡은 기근이 끝날 때까지 전혀 썩지 않아서 진휼이 필요할 때마다 꺼내 쓸 수 있었다.

이것이 바로 원행을 떠난 목적 중 하나다.

곡창에 버프를 걸어 썩어서 버리는 양곡이 없게 하는 거다.

저장한 양곡을 시찰하는 척하며 버프를 건 후.

강을 건너 여의도 근처의 영등포로 내려갔다.

영등포에는 전에 없던 건물이 하나 있었다.

바로 영등포 역사다.

역사 앞에는 객차를 끄는 기차가 주차되어 있었다.

운송 사업부가 시험 운행에 쓰는 기차다.

"두석아."

"예, 전하."

"기차를 타 보고 나서 과인에게 소감을 말해 다오."

"전, 전하는 같이 안 타시는 것이옵니까?"

"과인은 기차를 타면 멀미해서 안 돼."

왕두석이 큰 머리를 좌우로 갸웃거리며 물었다.

"전하께서는 전에 기차를 타 본 적이 있으셨사옵니까?"

"아니, 없는데?"

"한데 어떻게 멀미한다는 걸 아셨사옵니까?"

"지금 감히 과인의 말을 의심하는 거냐?"

"타, 타겠사옵니다."

"진작 그럴 것이지."

왕두석이 울상이 되어 기차에 올랐다.

잠시 후, 기차가 기적 소리를 내며 천천히 출발했다.

출발은 완벽했다.

기차가 갑자기 멈추거나, 바퀴가 궤도를 벗어나는 일은 없었다.

굴뚝에서 연기가 용솟음칠 때.

기차가 덜컹덜컹하는 익숙한 소음과 함께 속도를 점점 더 높이더니 서쪽으로 길게 뻗은 철로를 따라 힘차게 달려갔다.

말 그대로 철마가 달리는 거 같았다.

난 그 모습을 보며 감회에 젖었다.

드디어 조선에도 스팀펑크의 세상이 도래했구나!

얼마 후, 기차가 다시 덜컹덜컹하는 소음을 내면서 돌아왔다.

난 기차에서 내린 왕두석에게 물었다.

"소감이 어떠냐?"

기차를 무서워하던 왕두석은 기차 예찬론자가 되어 돌아왔다.

"정말 신기한 경험이었사옵니다. 앞에서 말이나, 소가 끄는 것도 아닌데 스스로 움직이다니 정말 기특하지 않사옵니까?"

"승차감은 어땠어?"

"좀 흔들리긴 했지만 크게 불편한 점은 없었사옵니다."

"안전 쪽은?"

"위험한 상황은 전혀 없었사옵니다."

"그렇다면 내가 타도 문제없겠군."

난 수행원을 데리고 객차에 올라탔다.

왕두석이 눈을 부릅뜨며 물었다.

"멀미한다고 하시지 않았사옵니까?"

"멀미? 난 그런 거 안 키우는데."

"예에?"

"타기 싫어? 그러면 너 혼자 알아서 뛰어오든가."

"헤헤, 소관이 아니면 누가 전하의 비위를 다 맞추겠사옵니까."

"내가 모시기 까다로운 임금이란 거냐?"

"어이쿠, 기차가 출발하려는 거 같사옵니다."

어쨌든 기차는 다시 출발했다.

난 복도를 지나 동차로 가 보았다.

기차는 동차와 객차로 나뉜다.

당연히 객차나 짐차 혼자서는 움직이지 못해 동력 기관을 가지고 있는 동차가 객차 앞뒤에 붙어 기차를 끌어 주는 거다.

동차에서 근무하는 직원들이 석탄을 퍼서 보일러를 끓였다.

보일러 옆에는 브레이크를 포함한 제어 장치도 보였다.

지켜보다가 직원에게 수고한단 말을 해 주고 객차로 돌아갔다.

유리 창문 밖으로 전원 풍경이 한가로이 펼쳐졌다.

딱딱한 나무 의자가 계속 덜컹거려서 엉덩이가 좀 아프긴 했지만, 그 외에는 아주 좋아서 졸음까지 살짝 올 정도였다.

체감상 한 10킬로미터 정도 이동했을 때.

브레이크를 밟은 듯 기차가 끼익 소리를 내며 느려졌다.

"다 온 건가?"

왕두석이 창밖을 내다보며 대답했다.

"부천역이면 다 온 것이 맞사옵니다."

지금은 기차가 영등포와 부천역 사이만 시험적으로 운행했다.

사실 영등포역과 제물포역 사이의 거리는 20킬로미터에 불과해 생각보다 가깝다.

하지만 건설 사업부도 철로는 처음 시공해 보는 분야다.

시행착오를 거치다 보니까 영등포와 제물포 사이에 있는 부천역까지만 철로가 완성되어 있었다.

물론, 공사를 마치면 노하우가 쌓여 다음부터는 다를 거다.

부천에서 내려 제물포까지는 말을 타고 이동했다.

제물포 지사에 들려 지사장 우윤학과 무역 사업 본부 본부장 박연으로부터 몇 가지 보고를 받고 나서 수군 조선소를 찾았다.

수군 조선소에서는 한창 기존 군함을 흑선으로 개조 중이었다.

조선 사업부 부장 순구가 조선소를 안내하며 설명했다.

"현재까지 기존 군함의 10분의 1을 흑선으로 개조했사옵니다."

"증기 기관은 어느 공장에서 받고 있지?"

"수원과 전주 공장에서 받고 있사옵니다."

"개조하는 데 부족한 건 없나?"

"강철판이 많이 모자라옵니다."

강철판은 선체를 강화하고 격벽을 만드는 데 쓰인다.

게다가 한두 척을 개조하는 것도 아니니 필요한 양이 어마어마할 수밖에 없겠지.

"제련 사업부에 들르면 조선소에 강철판이 부족하다고 일러 주지."

"성은이 망극하옵니다."

"사업부 직원들이 기근에 고생하지 않도록 부장이 잘 챙겨 줘."

"예, 전하."

조선소에 금일봉을 주고 나서 방향을 틀어 개성으로 이동했다.

경평도로가 거의 완성되어 도로가 아주 잘 뚫려 있었다.

지금은 시멘트로 포장했지만, 석유를 정제하기 시작하면 거기서 나온 아스팔트로 재포장해 고속도로를 만들 계획이었다.

개성도 근래에 크게 변한 도시 중 하나였다.

고려조 때 도읍이었던 덕에 인구는 여전히 많았다.

물론 그게 다였다.

그 후엔 투자가 잘 이뤄지지 않아 옛 도시란 느낌이 강했다.

하지만 경평도로가 뚫리면서 방직 공장, 비료 공장 등이 들어왔고 덕분에 일자리를 원하는 젊은이들도 많이 모여들었다.

개성 곡창에 버프를 걸고 도로를 따라 올라갔다.

얼마 후, 조선 제2의 도시인 평양에 도착했다.

평안감사를 포함한 평안도 남부 고을의 수령 여럿이 경평도로 근처까지 나와 우리를 기다리고 있다가 성대히 맞이했다.

평양 감영에서 기근 대책을 보고받고 백성을 직접 만났다.

기근이 올 거란 조정의 발표에 반신반의하던 백성은 임금이 직접 와서 대책을 살펴보는 모습을 보고 심각성을 인지했다.

거기에 역동의 표상 스킬 효과까지 더해지면서 백성도 조정과 지방 관아의 기근 대책에 호응해 각자 준비에 들어갔다.

평양 곡창에 버프를 걸어 주고 남포로 내려갔다.

남포에는 항구와 신도시가 만들어져 있었다.

평안도 북쪽에서 생산한 각종 금속과 모피 같은 특산물이 이곳 남포항에 집결했다가 주변 지역과 삼남으로 이동했다.

남포에서 반가운 인물을 만났다.

바로 건축 사업부 부장 만대였다.

"만 부장, 그동안 잘 있었나?"

"오랜만에 뵙는 거 같사옵니다."

"저곳이 이번에 지은 항만인가?"

"소인이 안내하겠사옵니다."

만대가 남포항과 신도시를 안내하며 말했다.

"남포 쪽은 얼추 끝나 함경도로 이동할 계획이옵니다."

"함경도 어디?"

"원산이옵니다."

"그래, 원산도 물류 항 건설이 시급한 곳이지."

아마 건축 사업부가 서유럽회사에서 가장 바쁜 부서일 거다.

다른 부서야 이동이 많지 않지만, 건축 사업부는 그럴 수 없다.

공사 현장이 조선 팔도에 널려 있으니까.

"다른 도시 개발은 어떻게 진행되고 있나?"

"사업부 산하에 도시개발과를 여럿 두고 10여 개 도시를 동시에 개발하고 있사옵니다. 아직은 시작 단계라 실력이 부족하지만, 5, 6년만 지나도 수준이 많이 올라올 것이옵니다."

"잘하고 있군."

"성은이 망극하옵니다."

만대가 직접 이끄는 사업부가 항만처럼 까다로운 공사를 진행하는 동안, 만대 밑에서 일을 배운 대목수와 대장장이들이 도시개발과 과장을 맡아 신도시 개발에 착수한 상태다.

지방 균형 발전은 내가 신경 쓰고 추진하는 정책이다.

물론, 내가 현대를 살다 온 사람이기 때문에 가능한 정책이고.

그렇지 않았다면 한국처럼 편의와 효율을 위해 수도권에만 투자하다가 지방 소멸이란 문제에 맞닥뜨려야 했을 거다.

남포에서 배를 타고 정주로 올라갔다.

정주는 평양과 함께 평안도를 대표하는 도시다.

또, 원산과 같이 평안도의 물류를 책임지는 항만이기도 했다.

아마 가장 많이 발전한 곳을 따지라면 정주일 테지.

정주에는 아예 산업 공단 하나가 들어섰다.

바로 금속을 제련하는 조선 최초의 제철소가 있기 때문이다.

제련 사업부 부장 홍달호가 직원들과 달려와 큰절을 올렸다.

"상감마마를 뵈옵니다."

"홍 부장은 어째 더 젊어진 거 같군."

"소인은 아무래도 쇳물과 궁합이 맞는 거 같사옵니다."

"하하, 재밌는 말을 하는군."

난 홍달호를 따라 제철소를 돌아보았다.

쇳물을 녹이는 고로의 숫자와 규모가 늘어나 있었다.

분명, 내가 지시하고 내가 돈을 대 만든 제철소다.

그런데도 엄청난 규모에 나조차도 깜짝깜짝 놀랐다.

어쨌든 이제 얼추 내가 그린 그림에 배경 정돈 칠한 거 같군.

내가 세운 균형 발전 계획은 간단하다.

한강 이북은 중공업, 중화학으로 쭉 가고 한강 이남은 대규모 장치 산업과 1차 산업에 집중해서 일자리를 늘리는 거다.

제철소에 이어 제련 연구소를 방문했다.

제련 연구소에선 강철처럼 기존에 생산하던 금속의 성능을 좀 더 끌어올리는 동시에, 여러 가지 합금을 연구하고 있었다.

연구소 방문까지 마치고 사업부 사무실에서 홍달호를 만났다.

"강철 생산량은 어떤가?"

"꾸준히 늘고 있사옵니다."

"조선 사업부에선 강철판이 부족하다고 하던데?"

"군함을 흑선으로 개조하면서 요구하는 강철판의 수량이 많이 늘기도 했지만, 강철이 기차 철로 공사에도 많이 들어가 그들이 원하는 만큼 넉넉히 공급하기 어려운 실정입니다."

"철광석 채굴량을 늘리면 해결될까?"

잠시 생각해 본 홍달호가 고개를 저었다.

"조선에서 나는 철은 그다지 질이 좋지 않사옵니다. 해서 눈에 띌 정도로 생산량이 증가하기는 어려울 거 같사옵니다."

난 한숨을 내쉬었다.

철도 종류가 있다.

당연히 그중에는 제련하기 편한 철 그리고 나쁜 철이 있는데, 조선에서 나는 철은 대부분 나쁜 철이라 공정이 까다롭다.

그렇다고 이대로 손 놓고 있을 수만은 없었다.

강철은 산업의 쌀이다.

충분히 확보하지 않으면 산업화는 무리다.

역시 만주를 먹는 수밖에 없겠군.

만주는 좋은 철이 많이 나니까.

홍달호 등을 격려하고 나서 의주를 찾았다.

의주는 예전에 교역 도시로 이름을 떨쳤다.

하지만 조선과 청이 단절되면서 지금은 많이 쇠락했다.

그나마 군대가 있어 도시 규모를 유지하는 정도다.

의주 곡창에 버프를 걸고 압록강을 따라 개마고원으로 향했다.

개마고원 입구엔 훈련도감 병력 8만 명이 집결해 있었다.

훈련도감이 16만까지 늘긴 했지만 그래도 엄청난 숫자였다.

도원수 이완과 도제조 유혁연 등이 나와 맞이했다.

"먼 길 오시느라 고생이 많으셨사옵니다."

"고생이야 개마고원에서 한겨울을 보낸 장군과 병사들이 했지, 나야 고생이랄 것도 없었소. 여기까지 아주 편하게 왔으니."

이완이 곧 벌목장으로 안내했다.

벌목장에는 수천 명이 넘는 병사들이 나무를 다듬고 있었다.

난 벌목장을 둘러보며 물었다.

"공사는 어느 정도나 진행되었소?"

"계획한 구간의 3분의 2가량 마쳤사옵니다."

"그러면 기근이 오기 전에 서둘러 마치고 남쪽으로 내려가시오. 이쯤 했으면 혹한기 훈련치곤 넘칠 정도로 한 셈이니까."

"그리하겠사옵니다."

난 높은 지대에 올라가 개마고원을 둘러보았다.

여기가 우리 조선의 첫 번째 국립공원이구나.

난 끝없이 펼쳐진 산과 숲을 보며 그 장관에 감탄했다.

개마고원에 직접 들어와서 보니까 고원이란 말이 실감 났
다.

과연 한반도의 지붕답군.

개마고원은 백두산 화산이 분화할 때 생긴 용암 대지다.

그런 상태에서 신생대에 발생한 엄청난 지각 변동 여파로
지대 전체가 융기하는 바람에 지금의 고원 지형으로 변했는
데.

사람이 살긴 쉽지 않다.

일단 고원이라 엄청나게 춥다.

그리고 개마고원에만 있는 풍토병이 따로 존재할 정도로
어떻게 보면 한반도에서 가장 이질적인 곳이라 할 수 있다.

거주가 힘든 상황을 잘 표현한 말이 있다.

바로 '삼수갑산을 갈 때 가더라도 일단 먹고 보자'다.

삼수갑산으로 간다는 건 곧 죽을 수 있단 의미다.

그래서 '죽을 때 죽더라도 일단 먹고 보자'란 뜻이 되는 거다.

그만큼 오지이기에 사람도 거의 살지 않는다.

대신, 짐승이 살기엔 정말 좋은 환경이다.

난 개마고원에서 지형이 가장 험한 지역을 골라 백두산과 함께 국립공원으로 지정하고 거주와 짐승의 사냥을 금지했다.

그러나 그냥 금하기만 해선 백성이 잘 지키지 않을 것이 뻔해 주위에 나무 방책을 설치하란 명을 훈련도감에 내렸다.

그리고 개마고원 국립공원을 전담하는 포도청을 세워 정당한 사유 없이 출입하는 백성을 잡아 중죄로 다스리게 하였다.

고지대를 내려온 뒤에는 병영에 들러 장병을 격려했다.

훈련도감 장병 8만 명은 지난해 가을부터 올해 봄까지 한반도 최강 추위를 자랑하는 이 개마고원에 주둔하며 국립공원에 나무 방책을 세우는 것으로 혹한기 훈련을 대신했다.

이런 혹독한 기후에서 혹한기 훈련을 하는 이유는 간단했다.

우리의 다음 목표가 역시 혹한으로 유명한 만주이기 때문이다.

한반도 다른 지역보다 겨울에 평균 10도 이상 낮은 개마고원에서 겨울을 무사히 났다면 만주의 혹한도 두렵지 않겠지.

그날 밤, 훈련도감 수뇌부와 만났다.

"대기근이 끝나면 청 황제에게 연락하여 만주를 침공할 거요."

훈련도감 수뇌부가 눈을 빛냈다.

역시 장군들에게는 방어보단 공격이 더 매력적인 모양이다.

"명분도 있소. 우리가 조왜 전쟁 중일 때를 노려 구왈기야 패거리가 국경을 넘어왔으니까 그 대가를 치르게 하는 거요."

이완이 장군들을 대표해 대답했다.

"반드시 대가를 치르게 하겠사옵니다."

"훈련도감은 지금부터 만주 침공과 관련한 작전을 수립하시오."

"예, 전하!"

"만주는 기후가 혹독한 곳이니까 이번 개마고원 혹한기 훈련을 통해 얻은 교훈을 바탕으로 철저히 대비해 주시오. 우리의 소중한 장병을 비전투 손실로 잃어서는 절대 안 되니까."

"명심하겠사옵니다."

"개마고원에 방책 짓는 훈련이 끝나면 남하하면서 호랑이, 표범, 늑대, 불곰처럼 인명을 해칠 위험이 있는 짐승을 사냥하며 훈련하시오. 군대를 투입하면 놈들도 버티지 못하겠지."

유혁연이 놀라 물었다.

"짐승의 씨를 말리는 것이옵니까?"

"동물원과 개마고원이 있으니까 멸종될 위험은 없소."

이완이 물었다.

"동물원이 무엇이옵니까?"

"잡은 짐승을 우리에 가둬 기르는 곳을 동물원이라 부르오. 그런 동물원을 팔도 주요 도시 교외에 하나씩만 세워도 이 땅에 사는 짐승이 멸종되는 불상사는 일어나지 않을 거요."

내친김에 내가 생각한 동물원 구조를 설명했다.

현대 동물원처럼 작은 공간에 가두어 두는 것이 아니라, 야생성을 잃지 않도록 공간을 여유 있게 두는 방식의 동물원이다.

현대에선 이런 방식이 불가능하다.

땅값이 제일 큰 문제지만 개발 압력도 무시하지 못한다.

하지만 지금은 상관없다.

조선의 상당 부분이 아직 관의 소유라 땅이야 얼마든지 있다.

그런 널찍한 공간에 짐승을 가둬 동물원으로 만들면 종복원한다고 세금을 투입할 필요도 없고 입장료도 챙길 수 있다.

훈련도감 수뇌부와 밤을 새워 가며 만주 침공과 관련한

얘기를 나누고 나서 다음 날 오전 병영을 출발해 백두산에 올랐다.

여기까지 와서 백두산을 안 보고 그냥 갈 순 없지.

직접 본 백두산의 경관은 솔직히 별로였다.

산보다는 널찍한 암석군에 더 가까웠다.

가끔 폭포나 처음 보는 야생 들꽃 정도가 눈을 즐겁게 했다.

수목 한계선을 지나 한참을 올라갔을 때부턴 길이라 부를 만한 통로가 없어 앞에서 길을 여는 금군이 고생을 많이 했다.

하지만 누구 하나 불평하는 이가 없었다.

백두산이 우리 민족이 신성시하는 땅이어선 아니다.

임금이 누구의 도움도 받지 않고 혼자 걸어 올라가고 있는데 감히 그 앞에서 불평을 토로할 만큼 간 큰 자는 없었다.

아, 한 명 있긴 했다.

간이 배 밖으로 나오다 못해 터지려는 놈이.

왕두석이 이마에 흐르는 땀을 소매로 닦으며 물었다.

"전하, 백두산 정상을 기필코 보셔야겠사옵니까?"

"내가 살아생전에 언제 또 여길 와 보겠냐."

"그거야 그렇지만……."

"그렇게 힘들면 넌 여기 남아 기다리든지."

"헤헤, 소관이 아니면 누가 전하를 이리 편히 모시겠사옵니까."

"누가 누굴 모신단 거냐. 오히려 내가 널 모시는 거 같은데."

"그런 험한 말씀을! 누, 누가 들을까 무섭사옵니다."

"편히 모시겠다고 했지?"

"그, 그렇사옵니다."

"그러면 여기서부터 날 업고 가는 건 어떠냐?"

"전하, 금군이 정상으로 가는 길을 열었나 봅니다!"

소리친 왕두석이 냅다 정상으로 뛰어갔다.

다행히 정상 근처부턴 경사가 줄어 체력을 보존할 수 있었다.

난 두근대는 마음으로 정상을 향해 뛰어갔다.

내가 뛰니 금군, 선전관, 내관 할 거 없이 전부 뛰었다.

그렇게 한참을 뛰어가 절벽 앞에 서는 순간.

"와아!"

눈앞에 비췻빛으로 빛나는 거대한 호수가 광대하게 펼쳐졌다.

바로 백두산 천지다.

사실 이걸 보기 위해 정상을 올랐다고 해도 과언이 아니었다.

근데 정성에 하늘도 감동했는지 하늘에 구름 한 점 없어 천지만이 아니라, 반대편에 있는 병풍 같은 벼랑까지 보였다.

소득은 눈이 즐거운 데서 끝나지 않았다.

예상대로 백두산도 히든 퀘스트의 원더 컬렉션에 들어갔다.

보상이야 별거 없지만 기분은 좋았다.

잔잔히 물결치는 천지를 보며 한참을 서 있었다.

다들 나와 같은 심정이었다.

말없이 천지를 내려다보며 자기만의 감상에 젖었다.

그렇게 한동안 천지를 눈에 담아 둔 후.

수행원 단장을 맡고 있는 이상립에게 지시했다.

"데려온 석공들과 천지 반대편으로 이동해서 이 백두산 전체가 우리 조선의 강역임을 표시하는 경계비를 세우도록 하시오."

"예, 전하!"

이상립은 곧 석공들과 천지 반대편으로 이동했다.

현대엔 중국과 백두산을 나눠 가졌지만, 난 그럴 생각이 없다.

앞으로 백두산을 장백산이라 부르는 일은 없을 거다.

경계비를 세우는 동안.

우린 천지가 잘 보이는 곳에서 야영했다.

해발 2,750미터에서 야영하는 일이 쉽진 않았다.

하지만 내가 등산가도 아니고 언제 또 이런 경험을 해 보겠어.

즐기잔 마음으로 임했더니 정말 모든 게 즐거웠다.

수행원들도 즐거운지는 나도 잘 모르겠지만.

이틀 동안 야영했을 때였다.

이상립에게서 경계비가 완성되었단 보고가 들어왔다.

난 몇 사람만 데리고 직접 건너가 경계비를 확인했다.

바위를 잘라 만든 비석에 한글로 백두산이 조선의 강역이라 적혀 있었는데 그 밑에는 근거와 내 이름이 새겨져 있었다.

난 경계비를 두드렸다.

올라온 보람이 있군.

곧 가져온 제사용품으로 제를 올리고 하산했다.

역시 산의 기후는 종잡을 수 없었다.

출발할 때만 해도 맑던 하늘이 금세 어두워지며 비가 내렸다.

그 바람에 내려가는 길이 아주 험난했다.

하지만 험난한 만큼 얻는 것도 있었다.

안개인지, 구름인지 헷갈리는 거대한 구름이 백두산의 깊은 골을 따라 요동치는 모습이 마치 백룡을 보는 느낌이었다.

자연이 보여 준 신비로운 조화에 그저 감탄만이 나올 뿐이다.

이래서 우리 민족이 백두산을 신성시했구나.

용이 없다는 것을 아는 나도 순간 착각할 정도니까.

백두산 초입에 있는 절에 도착해 피로를 풀고 동진했다.

지금까지는 압록강을 표지로 삼았다.

하지만 지금부턴 두만강이 그 역할을 대신했다.

4군과 6진을 둘러보며 동진해 경흥에 이르렀다.

경흥에 도착해선 백성을 만나 위무하고 기근 대책을 홍보했다.

그렇게 며칠 했더니 이제 봄이 가고 여름이 찾아왔다.

서둘러야겠단 생각에 청진으로 내려갔다.

청진은 원래 어부 몇이 모여 사는 작은 어촌이었다.

한데 근처에 질 좋은 광산이 많아 정주처럼 급격히 발전했다.

청진에서 날 맞이한 이는 자원 사업부의 부장 곽무진이었다.

"상감마마를 뵈옵니다."

"오랜만이군. 잘 지냈나?"

"예, 전하."

곧 자원 사업부 사무실로 들어가 브리핑받았다.

곽무진에 따르면 무산에서 철, 은덕에서 석탄을 주로 캐는데 매장량이 많아서 새로운 광맥이 끊임없이 발견된다고 한다.

조선으로선 함경도 북부가 자원의 보고 같은 곳이다.

물론, 현대 기준으로 적용하면 그렇지도 않지만.

무산의 철광석은 철 함유량이 적어 채산성이 낮다.

호주에 널린 노천 탄광에 비하면 채산성이 없는 거나 같다.

그리고 은덕의 석탄도 마찬가지다.

갈탄, 무연탄이 주로 많이 나는데 연탄으로 난방하던 시절이 아닌 이상, 제철소와 발전소는 주로 유연탄을 더 선호한다.

하지만 지금은 이 정도만 해도 충분하다.

그러기에 자원의 보고로 꼽히는 거고.

브리핑받고 나서 물었다.

"광부들은 대부분 포로인가?"

"포로와 범죄자가 섞여 있사옵니다."

"포로 출신 광부들은 아직도 공동생활하는 중인가?"

"지금은 광산 근처에 집을 지어 살고 있사옵니다."

"그들이 이곳 생활에 만족해하던가?"

"무슨 말씀이신지 모르겠사옵니다."

"이곳에 정착할 기미가 있느냐 묻는 것일세."

"고향을 그리워하는 자들도 있지만 정착을 원하는 이들도 꽤 많다고 알고 있사옵니다. 다만, 근처에 여자들이 많이 없어 가정을 이루기는 현실적으로 불가능할 거 같사옵니다."

"알겠네."

난 고개를 끄덕이고 나서 생각했다.

광산 붐은 한동안 지속될 거다.

하지만 채산성이 떨어지는 날이 언젠간 올 테지.

그러면 한국의 강원도처럼 폐광이 줄을 이을 거다.

그때를 대비해 청진에 제2제철소와 중화학 산업 단지를 지을 생각인데 그러려면 여기서 일하려는 근로자들이 필요하다.

근데 평안도보다 꺼리는 곳이 바로 함경도 북부다.

삼남에서 태어난 백성은 오려고도 않을 테니까.

그렇다면 광산에서 일하는 포로 출신 광부가 가정을 이루게 하는 방법이 최선인데 누가 그들에게 시집을 오려 하겠나.

흠, 일단 이 문제는 기근이 끝나고 나서 해결해야겠군.

청진에서 함흥으로 내려갔다.

함흥은 함경도의 가장 큰 도시로 감영도 이곳에 있었다.

함흥 감사에게 기근 대책을 듣고 나서 백성을 만나 기근 대책의 중요성을 설파하고 알아서 준비할 수 있게끔 유도했다.

물론, 곡창에 버프도 걸었다.

끝으로 원산에 들렀다가 강릉으로 내려가면서 한강 이북원행을 마치고 춘천, 원주를 거쳐 도성으로 잠시 돌아갔다.

나도 지쳤지만, 수행원들도 지쳐 피로를 풀 시간이 필요했다.

그렇게 열흘쯤 쉬었을 때.

제물포에서 전서구를 통해 급보가 하나 들어왔다.

그동안 감감무소식이던 김석주 일행이 돌아왔다는 급보였다.

그로부터 이틀 후.

"전하아아아아!"

누군가가 돼지 멱따는 소리를 내며 희정당으로 뛰어들었다.

얼굴이 홀쭉해진 김석주였다.

저 성격은 나이가 들어도 전혀 변하질 않는구만.

큰절을 올린 김석주가 그동안 무슨 일이 있었는지 밤을 새워 가며 풀어놓았는데 입심이 좋아서 시간 가는 줄을 몰랐다.

"인도를 거쳐 중동까지 갔었다고?"

내가 놀라 묻자 김석주가 고개를 주억거렸다.

하, 동남아와 호주만 둘러보고 오라고 시켰는데 알아서 중동까지 가 그쪽 사정을 파악해 오다니 역시 걸물은 걸물이야.

김석주가 털어놓은 중동 정세는 아주 놀라웠다.

김석주가 세계 지도를 펼쳐 놓고 설명했다.

"이 호주란 대륙에는 아직 아무도 발을 들여놓지 않았사옵니다."

"영국도 없었나?"

"그렇사옵니다."

"대박이군. 광산은?"

"전하께서 하명하신 대로 주요 광산 근처에 사는 원주민과 소통하여 금이나 생필품을 주고 광산 개발권을 얻었사옵니다."

"잘했다. 사람은 죽어 이름을 남기고 호랑인 가죽을 남기지. 하지만 그딴 거 다 소용없다. 문서야말로 진정한 유산이다."

"영국이나 동남아에 있는 왕국이 먼저 군대를 보내 점령해 버리면 우리가 가진 문서도 소용없어지는 것이 아니옵니까?"

"소용이 없긴 왜 없어?"

"예?"

"호주를 점령한 놈에게 문서를 내밀고 우리 권리를 주장해 야지."

"그쪽에서 거부하면요?"

"거부하면 그게 바로 쳐들어갈 명분이 되는 거다."

"아아."

이해했단 듯이 고개를 끄덕인 김석주가 인도네시아를 가리켰다.

"여기서는 네덜란드와 현지 무장 세력이 전투 중이었사옵니다."

"현지 무장 세력이 확실해? 유럽이나 인도차이나, 혹은 중국의 지원을 받았을 가능성도 있지 않겠어?"

"아니옵니다. 현지인이 확실하옵니다."

"그렇게 판단한 이유는?"

"저들이 고작 활과 창만으로 적을 상대하고 있었사옵니다."

아하, 그럼 말이 되겠네.

이득을 위해 지원하면서 겨우 구식만 제공할 이유는 없을 테니까.

"전황은 어때?"

"팽팽하옵니다."

"그래?"

"네덜란드는 총과 대포를 갖고 있지만 병력의 수가 적은 반면, 현지 무장 세력은 활과 창이 고작이지만 수가 아주 많사옵니다."

"그리고 국토의 많은 부분이 정글이지."

"전하 말씀대로 정글에선 대포를 쓰기 쉽지 않사옵니다."

고개를 끄덕여 수긍하며 잠시 생각했다.

현지 무장 세력에도 플레이어가 있나 보군.

네덜란드야 당연히 플레이어가 왕으로 있을 테고.

양쪽 다 플레이어가 있다면 양패구상이 최선이다.

"착호군을 보내 현지 무장 세력의 두목을 암살해라."

김석주가 고개를 갸웃거렸다.

"네덜란드 놈들을 인도네시아 자원 지대에서 몰아내는 것이 전하의 진짜 목적 아니었사옵니까? 그럼 대만에서 다두 왕국을 지원한 것처럼 현지 무장 세력을 돕는 편이 더 효율적이옵니다."

"두목만 제거하란 거다. 그러면 이 인자나 삼 인자와 접촉하는 일이 수월해지겠지. 그때, 현지 무장 세력을 지원해 네덜란드 놈들을 아시아에서 쫓아내고 자원 지대를 확보하는 거다."

"시키신 대로 하겠사옵니다."

김석주가 잠시 고민하다가 대답했으나 표정에선 여전히 의아함이 남아 있다.

어쩔 도리가 없다. 그에게 EHS에 대해 털어놓을 수도 없으니.

"인도차이나는 어때?"

"거긴 정말 개판이옵니다."

"누가 물을 흐리는데?"

"현지에 있는 대여섯 개 왕조가 서로 인도차이나를 통째로 먹겠다며 피 터지게 싸우고 있는 데다가 중국 오응웅과 경정충, 인도의 무굴 제국까지 끼어들어 아주 혼란스럽사옵니다."

난 고개를 저었다.

메콩강 삼각주가 탐나는 건 사실이다.

하지만 나까지 개판에 끼어들 필욘 없다.

당분간 인도차이나 쪽엔 관심을 끊어야겠군.

김석주의 손끝이 지도에 있는 인도를 가리켰다.

"인도도 심상치 않긴 마찬가지이옵니다."

"거긴 무굴 제국이 아직 전성기이지 않아?"

"무굴 제국이 강성하긴 하지만 황실 안팎에서 반란이 계속 일어난 데다 영국과 프랑스까지 호시탐탐 노리고 있사옵니다."

"영국과 프랑스가 인도까지 왔다고? 벌써?"

"두 나라가 동맹을 맺고 몇 년 전에 이집트 지방을 기습 점령했다고 하옵니다. 이어 아라비아반도에 쳐들어가 그곳

현지 세력을 정리하고 오스만 제국과 부딪쳤사옵니다."

"결과는?"

"둘 다 큰 피해를 보고 휴전했다고 하옵니다."

"그러면 여전히 아라비아반도는 영국-프랑스 동맹의 소유
인가?"

"그렇사옵니다."

"제길!"

"아라비아반도의 석유 때문에 그러시옵니까?"

"맞아."

"석유가 그렇게 중요한 것이옵니까?"

"몇십 년, 아니 당장 10년만 지나도 가진 석유의 양이 곧 그
나라의 군세를 결정하게 될 거다. 석유는 많을수록 좋아."

"명심하겠사옵니다."

"영국-프랑스 동맹은 아라비아에서 인도로 진출하는 중인
가?"

"그렇사옵니다. 군세를 나눠 한쪽은 인도로, 다른 한쪽은
아프리카로 진격했다고 들었사온데 인도 쪽은 스리랑카를,
아프리카로 쪽은 에티오피아까지 세력을 확장했다고 하옵니
다."

"빠르군."

난 속으로 혀를 찼다.

역시 내 최대의 적은 왜국이나 중국이 아니다.

이 시기에 이론과 기술을 가진 유일한 대륙 유럽이, 내 적

이다.

근데 영국-프랑스가 이러는 동안 다른 나라들은 뭐 한 거지?

설마 그새 다 깨졌나?

난 혹시나 해서 물었다.

"중동까지 갔으면 유럽 소식도 들었나?"

"간간이 듣긴 했사옵니다."

"오, 자세히 말해 봐라."

"유럽에서도 몇 년 전부터 큰 전쟁이 연달아 일어나 자잘한 국가들은 전부 그때 깡그리 망하고 영국-프랑스 동맹과 신성 로마 제국-이탈리아 동맹, 스칸디나비아-루스 차르국 동맹, 이베리아-플랑드르 동맹만이 살아남았다고 하옵니다."

재밌군.

아주 재밌어.

숙적 사이인 러시아와 스칸디나비아가 한편을 먹다니!

거기다 이베리아가 구교, 신교의 갈등으로 촉발된 독립전쟁으로 인해 사이가 좋지 않은 플랑드르와 힘을 합칠 줄이야.

EHS가 만들어 낸 새로운 물결인가?

"영국-프랑스 동맹이 석유가 있는 중동과 오스만 제국을 치는 동안, 다른 동맹이 손가락만 빨고 있진 않았을 거 같은데?"

"맞사옵니다. 이베리아-플랑드르 동맹은 아프리카 서해안을 따라 내려가며 영역을 넓히고 있고 신성 로마 제국-이탈리아 동맹은 동유럽 국가를 복속하면서 오스만 제국을 북쪽에서 압박해 가고 있사옵니다. 그리고 마지막으로 스칸디나비아-루스 차르국 동맹은 중앙아시아로 쾌속 진격 중이옵니다."

"지금은 확장하는 데 바빠서 자기들끼리는 싸우지 않는단 거군."

"확장이 끝나면 다시 전화의 불길이 타오르겠지요."

"그렇겠지."

난 곰곰이 생각하다가 물었다.

"중동에 갔을 때 내가 알려 준 유전에 가 봤나?"

"가 보았사옵니다."

"석유를 시추 중이던가?"

"거대한 기계 같은 장비를 꽂아 석유를 파내고 있었사옵니다."

난 흠칫했다.

설마 내연 기관을 완성해서 연료로 쓰기 위해 시추 중인 건가?

아니면 그냥 단순히 비축 목적으로?

전자라면 일이 어렵게 돌아간단 뜻이다.

그리고 후자라면 아직 대비할 시간이 있단 거고.

"제물포에서 왔으면 오다가 기차를 보았겠군?"

"예, 전하. 부천역까지 시험 운행하는 모습을 잠깐 봤사옵니다."

"혹시 유전 근처에서 그런 기차를 보았나?"

"보지 못했사옵니다."

"말 없이 움직이는 마차나 수레는?"

"역시 본 적이 없사옵니다."

김석주의 말만 들어선 후자 같다.

하지만 그래도 아직 안심하긴 이르다.

"추룡군을 붙여 줄 테니까 중동 쪽 사정을 좀 더 자세히 조사해. 그리고 석유 시추 장비 설계도는 어떻게든 확보해 오고."

"알겠사옵니다."

"응?"

"왜 그러시옵니까?"

"뭘 잘못 먹었나?"

"……."

"이번엔 순순히 가겠다고 나서는 게 영 수상해서 그래."

"하하, 전 또 뭐라고. 소생도 듣는 귀가 있사옵니다."

"뭘 들었는데?"

"곧 대기근이 닥친다고 들었사옵니다."

"그래, 얼마 안 남았지. 그런데 그게 왜?"

"대기근에 고생하느니……, 차라리 배를 몇 년 더 타겠사옵니다."

말은 저렇게 해도 중동에서 보고 들은 게 많을 거다.

그러면서 우리 조선이 우물 안 개구리란 걸 실감했을 테고.

우물 안 개구리의 운명은 세 가지다.

첫 번째는 갇혀 있다가 그대로 굶어 죽는 거고 두 번째는 역시 갇혀 있다가 천적에게 잡아먹혀 죽는 거다.

마지막 세 번째는 우물에 물이 차길 기다렸다 넓은 세상으로 뛰쳐나가 한 마리 용이 되어 하늘로 승천하는 거다.

물론, 그 우물에 물을 채우는 일은 스스로 해야 한다.

즉, 스스로 실력을 갈고닦아야 한단 뜻이다.

그리고 김석주는 세계 각지를 돌며 정보를 수집하거나, 자원을 확보하는 일이 우물에 물을 채우는 일임을 깨달은 거다.

조정에 출사했으면 희대의 간신이란 소리를 들었을 사람.

하지만 시야가 넓어진 지금은 마침내 한 단계 성장해 국가와 민족을 위해 무엇을 해야 하는지를 자각했다.

마치 애벌레가 탈피해 나비가 되는 거처럼.

난 김석주와 다시 한번 계획을 점검했다.

"대만을 거점으로 삼아서 인도네시아에 우리 조선의 영향력을 확대해라. 그러고 나서 인도네시아 자원 지대를 확보해라."

"알겠사옵니다."

"호주도 그냥 내버려 두지 말고 요지에 상관과 항구를 미리 지어 놔라. 급한 일이 끝나면 본격적으로 호주에 이민 정책을 펼쳐 그곳의 광대한 자원을 우리 조선이 선점해야 한다."

"예, 전하."

"인도차이나와 인도는 자기들끼리 알아서 정리하게 놔두고."

"그러면 조선은 정리가 다 끝나고 나서 개입하는 것이옵니까?"

"거긴 정세가 복잡하다. 누가 정리한다고 해서 정리가 되는 곳이 아니야. 그러니까 당분간 그쪽은 신경 쓸 필요 없다."

"알겠사옵니다."

"중동에 최대한 빨리 다시 들어가 유럽과 중동의 정세를 조사하고 영국-프랑스 동맹의 기술을 최대한 빼 와야 한다. 이게 가장 중요한 일이니 용호군의 정예를 차출해 데려가라."

"그렇게 하겠사옵니다."

"집에서 쉬면서 몸과 마음을 추스르다가 태풍철이 끝나면 출발해라. 과인에게 따로 남길 말이나 부탁할 건 없느냐?"

김석주가 잠시 생각하고 나서 대답했다.

"우선 이번 기근에서 큰 피해가 없길 바라겠사옵니다."

"그건 너희가 신경 쓸 필요 없다. 그건 이 과인의 책무니까."

"일양이 전하께 감사드린다고 전해 드리라 하였사옵니다."

"일양이? 무슨 일로?"

"전하께서 창덕궁 후원에서 하신 약속을 지켜 주셨다고 하더군요."

"아, 그걸 말하는 거군."

창덕궁 후원에서 일양에게 서유럽회사 일을 불교계가 도와주면 그 대가로 불교의 포교를 허락해 준단 약속을 했었다.

일양이 잊지 않고 다른 이의 입을 빌려 감사를 전한 모양이다.

마지막으로 큰절을 올린 김석주가 돌아갔다.

난 잠시 생각하다가 쌍둥이를 불렀다.

"쌍둥이 중에 형은 지금 당장 강대산을 찾아가서 김석주 일행이 지금 하는 일을 용호군이 적극적으로 도와주라고 해라."

"예, 전하."

"동생은 장현, 박연, 우윤학에게 김석주 일행이 원행하는 동안, 위험에 처하는 불상사가 없게 단단히 준비하라고 전해라. 김석주 일행의 손에 조선의 명운이 걸려 있다고도 전하고."

"알겠사옵니다."

쌍둥이까지 돌아간 후.

난 푹 쉬면서 세자, 평안공주와 시간을 보냈다.

역시 아이들은 빨리 큰다.

세자는 벌써 향교에 들어가 민가의 아이들과 같이 교육받았다.

난 궁궐에서 제왕 교육을 받으며 외롭게 성장하는 거보다 학교에 입학해 또래 친구들과 부딪히며 얻는 것이 더 많다고 생각해 주변의 반대에도 불구하고 향교 입학을 추진했다.

평안공주의 교육에도 신경 썼다.

공주는 원래 권세가에 시집가서 왕실의 권력을 튼튼히 하는 데 소모되기 마련이지만 이미 내 권력은 기반이 탄탄하다.

굳이 눈에 넣어도 아프지 않을 딸을 희생해 가며 권력을 강화할 필요가 없어서 평안공주도 세자와 같은 교육을 받았다.

그리고 틈이 나면 중전과 셋째를 낳기 위해 힘쓰고 아침저녁으론 윗전에 문안을 드리며 두 분 마마의 건강을 살폈다.

그렇게 보름쯤 쉬고 나서 다시 원행길에 올랐다.

이번엔 한강 이남, 즉 삼남이 목적지다.

삼남에는 도시가 많아 일정이 아주 빠듯했다.

충주, 청주를 거쳐 전라도 전주로 내려갔다.

그리고 다시 전주에서 남해까지 내려가며 곡창에 버프를 걸고 백성을 만나 가정마다 기근 대책을 세우도록 독려했다.

특히, 전라도가 중요했다.

조선의 양곡 대부분이 이곳에서 난다.

그래서 전라도에서 흉년이 들면 그 여파가 조선 전체에 미친다.

전라도를 꼼꼼히 둘러보고 났을 땐 이미 가을이 한창이었다.

해가 바뀌기 전에 도성으로 돌아가야 했기에 경상도 여러 고을을 빠르게 둘러보고 나서 경기도 고을을 순회할 때였다.

이상 고온이 지속되어 겨울임에도 아주 따뜻했다.

난 겨울 외투를 벗어서 말안장에 걸며 하늘을 보았다.

마침내 시작되었구나.

난 할 만큼 했다.

이젠 하늘의 평가를 받는 일만 남았을 뿐.

역사에 따르면 경신대기근은 2년에 걸쳐 벌어졌다.

경술년과 신해년에 걸쳐 일어나 경신대기근이다.

가장 먼저 이상 징후를 감지한 건 관상감이다.

"전하, 해의 속은 붉고 겉은 푸른 상태가 며칠째 이어지고 있으니 이는 곧 나라에 큰 위기가 닥친단 징조일 것이옵니다."

난 머리를 짚었다.

"소빙하기의 그림자가 이 땅에 본격적으로 드리우기 시작했음을 의미하는 기상 현상일 뿐이다! 이를 두고 괜한 헛소문을 퍼트리는 자가 있으면 국법으로 엄히 다스릴 것이다!"

관상감이 제를 올려 하늘의 진노를 풀어야 한단 개소리를 하기에 혼을 내서 쫓아내고 팔도 소식에 계속 귀를 기울였다.

이번엔 유성이 연달아 나타나 난리가 났다.

도성에서도 보인단 말에 밤새 희정당 앞을 지켰다.

왕두석이 떨리는 목소리로 말했다.

"전하, 저기 보이옵니다."

왕두석이 가리킨 방향으로 시선을 돌렸다.

과연 꼬리가 긴 붉은 유성이 밤하늘을 가르며 떨어지고 있었다.

평소라면 신기한 광경이라며 즐거워했을 거다.

하지만 지금은 그럴 수 없었다.

저 유성 중 몇 개는 땅에 떨어질 것이기 때문이다.

곧 평안도 등지에서 장계가 속속 올라왔다.

유성이 떨어져 먼지가 일대를 뒤덮었단 내용이다.

정말 대멸종 직전 같군.

대멸종은 보통 거대한 유성이 지구를 강타해 생긴다.

거대한 유성이 지구에 떨어지면 엄청난 먼지가 피어오르는데, 그 먼지가 햇빛을 가려서 온도가 급격히 내려가는 거다.

온도가 급격히 내려가면 먼저 식물이 죽는다.

그리고 그 식물을 먹고 사는 동물이 뒤따라 죽는다.

지금 대기근이 그 대멸종과 비슷했다.

먼지가 햇빛을 가리면서 햇빛을 흡수하지 못한 농작물이 먼저 죽고, 그 농작물을 먹고 사는 백성이 뒤따라 죽는 거다.

하지만 이건 내가 어떻게 해 줄 수 없는 부분이다.

분하지만 유성이 떨어진 곳의 피해를 조사해 보고 피해가 확인되면 관 차원에서 복구에 나서란 비답을 내리는 게 다.

유성에 이어 지진까지 찾아왔다.

우린 환태평양 조산대에 있지도 않은데 지진이 여러 지역에서 동시다발적으로 일어나 관과 백성을 더 겁먹게 하였다.

역시 이번에도 같은 비답을 내렸다.

지진이 일어난 지역의 피해를 조사한 뒤에 이재민 수습에 최선을 다하란 내용인데 현장에서 얼마나 통할지는 미지수다.

유성에 지진까진 그래도 견딜 수 있었다.

하지만 세 번째 펀치는 나를 어질어질하게 만들었다.

바로 가장 대처하기 힘든 전염병이다.

진휼청과 서유럽회사 의료 연구소가 미리 전염병 방지 대책을 세워 실행하지 않았으면 정말 아비규환이 벌어질 뻔했다.

지옥과 같던 1월, 2월은 사실 진짜 지옥의 서막에 불과했다.

3월엔 우박이 내리더니 팔도 전체에 극심한 가뭄이 찾아왔다.

3월은 파종에 들어가야 할 시기다.

한데 우박만 내리고 비는 내리지 않고 있었다.

농부들은 속이 타다 못해 새카맣게 변할 지경이다.

그때, 평안도에서 또다시 급박한 장계가 올라왔다.

"서리가 보름 연속으로 내려 간신히 파종한 농작물도 다 얼어 죽었사옵니다!"

난 진휼청의 정태화를 불러 지시했다.

"우선 냉해를 크게 입은 평안도부터 진휼에 들어가도록 하시오!"

"예, 전하."

"삼남 지역은 상황이 어떻소?"

"치수가 잘되어 있는 곳은 파종하였으나 그렇지 못한 곳은 가뭄이 극심해 파종조차 제대로 하지 못하였다고 하옵니다."

"진휼청은 계속 삼남 상황을 주시하시오."

"알겠사옵니다."

여름이 되었을 땐 갑자기 큰 비가 며칠 동안 내렸다.

하지만 실제적인 효과는 크지 않았다.

파종 못 한 논밭 천지인데 다 늦게 비가 온들 무슨 소용인가.

살얼음 위를 걷듯 조심하며 여름이 가길 기다릴 때.

삼남에서 장계가 또다시 올라왔다.

"메뚜기 떼가 창궐해 논과 밭을 쑥대밭으로 만들고 있사옵니다."

하, 가지가지 하는군.

메뚜기는 가을 추수철에 나타나 피해를 준다.

근데 이상 기온 때문에 메뚜기 떼가 한 철 일찍 나타나 한창 알곡이 영글어 가던 농작물이 충해로 엄청난 피해를 보았다.

그다음에 벌어진 일도 끔찍하기 이를 데 없었다.

태풍이 한반도 전역을 몇 차례나 휩쓸고 지나갔다.

특히 제주도 피해가 극심했다.

거대한 파도가 제주의 경작지까지 밀려들었다.

그 바람에 소금물을 뒤집어쓴 농작물이 그대로 다 말라 죽었다.

제주목사가 장계를 보내 눈물로 호소했다.

-제주에 저장 중이던 구휼미는 이미 태반을 소비한 지 오래이옵니다. 더욱이 풀과 나무까지 말라 죽어 초근목피로 연명하기조차 어렵사옵니다. 오지의 민가에서는 벌써 여러 명이 아사했다고 하옵니다. 신이 엎드려 바라옵건대 부디 구휼미를 보내 주시어 제주 백성의 목숨을 살려 주시옵소서.

난 즉시 동래에 전서구로 전갈에 보냈다.

"동래에 있는 흑선으로 구휼미를 당장 제주에 대거 보급하라!"

흑선은 증기 기관으로 움직인다.

그래서 범선보단 기후에 영향을 덜 받는다.

덕분에 제주는 급한 불을 가까스로 껐다.

가을부터 겨울까지는 총체적인 난국이었다.

홍수, 서리, 우박이 시도 때도 없이 몰아쳐 백성을 괴롭혔다.

거기다 더 큰 문제는 따로 있었다.

바로 전염병이다.

일 년 내내 이상 기후에 시달린 데다가 풍족하게 먹지도 못하다 보니까 몸이 약해진 백성들 사이에 전염병이 창궐했다.

진휼청과 의료 사업부가 대책을 세우긴 했지만, 전국에서 동시다발적으로 발생하는 전염병을 전부 차단하기는 무리였다.

전염병은 사람만 걸리지 않는다.

소, 돼지도 구제역에 걸려 엄청난 수가 죽어 나갔다.

더욱이 소는 농사에 아주 중요한 수단이기에 피해가 더 컸다.

정태화가 간곡히 청했다.

"전하, 소의 도축을 허가해 주시옵소서."

원래 소는 민간에서 함부로 도축하지 못한다.

좀 전에 말한 대로 농사의 중요한 수단이기 때문이다.

하지만 지금은 내년 농사보다 올해를 버티는 게 더 중요하다.

"그리하시오!"

"성은이 망극하옵니다."

도축을 허가한 이후.

구제역을 피한 소들마저 백성의 뱃속으로 들어갔다.

조선 팔도가 꼴딱꼴딱 숨이 넘어가기 직전.

중국 강남과 왜국 마츠에에 갔던 서유럽회사 선단이 돌아왔다.

그제야 한시름 놓고 굶주린 백성을 진휼할 수 있었다.

난 박연에게 엄명을 내렸다.

"짐을 하역하는 대로 선단을 다시 중국과 왜국에 보내 양곡을 수입해 와라. 돈은 얼마든지 써도 좋다. 지금은 백성을 한 명이라도 더 살려서 이번 해를 나게 하는 것이 중요하다."

"예, 전하!"

서유럽회사 선단의 선원들은 집에 들러 가족의 안부를 물어볼 틈도 없이 다시 항해에 나서 중국과 왜국으로 출발했다.

경신년에서 신해년으로 넘어갈 때.

마침내 상황이 조금씩 나아졌다.

농업 사업부가 삼남에 급히 보급한 신선과 천왕이 화학 비료 덕분에 끈질기게 살아남아 일단 한시름을 놓게 해 주었다.

그리고 겨울에 심은 보리도 풍작은 안 되어도 평작은 되었다.

거기다 상황이 더 악화하려 할 때마다 서유럽회사 선단이 생명수를 뿌리듯 양곡을 수입해 와 최악의 위기를 벗어났다.

원래 경신대기근은 경신년보다 신해년이 더 위험했다.

신해년은 경신년처럼 이상 기후가 그렇게까지 심하진 않았다.

그보단 농사의 방식에서 비롯되는 문제 때문이다.

원래 농사란 게 그렇다.

작년에 거둔 수확물로 올해 수확 전까지 버티는 거다.

그런데 경신년에 거둔 수확이 없다 보니 신해년에 그 피해가 쌓여 엄청나게 많은 백성이 병에 걸리거나 굶어 죽었다.

그러나 이번엔 달랐다.

끊임없이 양곡을 보급해 피해가 커지는 상황을 차단한 거다.

물론, 모든 문제가 끝난 건 아니다.

유례없는 추위가 배고픔을 대신했다.

석탄과 석탄 난로를 보급하긴 했지만, 여전히 아주 많은 백성이 아궁이에 장작을 넣어 불을 피우는 방식으로 난방했다.

백성은 추위를 잊기 위해 무조건 옷을 껴입었다.

심지어 무덤을 파내 시신이 입고 있던 옷까지 훔칠 정도다.

그런 상황에서 벌목을 금지하는 법이 지켜질 리 없었다.

하루는 강원도에서 이런 장계까지 올라왔다.

- 도적 떼가 금강송처럼 경복궁 궁궐 복원에 필요한 나무들마저 베어 가고 있사오니 군대를 파견해 당장 토벌해 주시옵소서.

난 고개를 저었다.

"그들도 살려고 그런 짓을 하는 것일 거요. 올해는 그냥 두시오."

신해년도 경신년처럼 정신없이 보냈다.

다만, 작년처럼 절망에 빠져 지내진 않았다.

신해년에도 정신없이 바쁜 이유는 작년에 엉망으로 변한 국가 시스템과 백성의 삶을 다시 제자리로 돌려놓기 위해서다.

하지만 대기근 여파가 1년만 갈 리 없었다.

그로부터 2년이 더 지나서야 조선은 다시 원상태로 돌아왔다.

난 쏜살처럼 지나간 4년을 복기했다.

그야말로 절망과 환희가 공존하던 시기다.

하지만 모든 것이 끝난 지금은 그저 안도하는 마음뿐이었다.

조선 역사상 왜란, 호란을 뛰어넘는 대참사라 불리던 경신 대기근을 4년 만에 별다른 후유증 없이 완벽히 극복해 낸 거다.

원래 이런 기근이 한번 지나가고 나면 사회가 무너지는 법이다.

고통받은 백성은 조정을 불신하고 지배 계층에 불만을 품는다.

그러면 사회 전체가 극도의 혼란에 빠져 자기도 모르는 사이에 다신 빠져나올 수 없는 더 깊은 수렁으로 들어가게 된다.

사실 조선 후기에 벌어진 참상은 경신대기근에서 비롯됐다고 해도 과언이 아닌데 그걸 거의 완벽하게 극복해 낸 거다.

물론, 여기서 만족할 순 없는 법이다.

앞으로 20여 년 후에 을병대기근이 닥치기 때문이다.

비록 그 참혹함이 경신대기근 정도는 아니었다곤 하지만 두려운 건 사실이라 지금부터라도 그에 관한 대비를 해야 했다.

마음 졸이며 밤을 지새우는 짓을 다시 하고 싶진 않으니까.

조정과 백성이 4년 동안 대기근과 대기근의 후유증을 떨쳐내기 위해 애를 쓰는 동안, 서유럽회사 사업부와 연구소는 막대한 지원 속에서 기술을 한 차원 높이기 위해 노력했다.

대기근 준비에 매진하던 기간까지 합치면 6년에 가까운 세월이라, 전체적으로 뛰어난 성취를 보았다는 보고를 받았다.

훈련도감과 통제영도 바쁘게 움직였다.

대기근이 닥친 동안, 훈련도감과 통제영도 여기저기 지원 다니느라 바빴지만, 그래도 일반 백성에 비해선 피해가 덜했다.

식량과 물자 모두 충분히 보급받았기 때문이다.

훈련도감과 통제영은 6년 동안, 만주 침공 작전을 수립했다.

그리고 작전에 필요한 물자를 발주해 생산했다.

또, 조왜 전쟁의 전훈을 교리로 발전시켜 장병에게 가르쳤
다.

외교적으로도 많은 일이 있었다.

강희제는 계속 조선에 출병을 줄기차게 요구했다.

허서리 일파가 사천과 섬서, 귀주에서 세력을 더 키우기 전
에 쳐야 하는데 그러려면 조선의 지원이 필수이기 때문이다.

조선의 도움 없이 허서리를 쳤다간 만주에 도사린 구왈기
야에게 뒤통수를 얻어맞아 양면 전선이 생길 위험이 존재했
다.

현대 미국 정도가 아니라면 양면 전선에서 동시에 승리하
기란 불가능하므로 강희제로선 출병을 재촉할 수밖에 없었
다.

더욱이 정남왕 경정충도 이미 군대를 정비해 상지신을 칠
준비를 끝내 놓은 상태여서 강희제로선 더 초조한 상태였다.

조선이 움직이지 않으면 경정충도 물러설 수 있어서다.

하지만 조선이 대기근 중이라 난 거절할 수밖에 없었다.

근데 마침내 때가 온 거다.

조선은 대기근을 완벽히 극복해 냈다.

그리고 강희제와 경정충도 만반의 준비를 모두 갖춘 상태
였다.

조선과 청, 그리고 정남왕부 사이를 사신들이 수없이 오가
고 나서 마침내 만주를 침공하는 날짜가 정식으로 정해졌다.

장마가 끝나는 시점인 7월이다.

난 훈련도감에 정식으로 출진 명령을 내렸다.

동북아시아에 또다시 전쟁의 불길이 타오르고 있었다.

〈9권에서 계속〉